Iris Welling

Klaus Kariert

Verlag Waldkirch

Gesamtherstellung: Verlag Waldkirch KG
Satz & Gestaltung: Verena Kessel
Korrektorat: Eva Baumgartner

ISBN Taschenbuch 978-3-86476-138-6
ISBN E-Book EPUB 978-3-86476-672-5
ISBN E-Book PDF 978-3-86476-673-2

Seit 1542

Verlag Waldkirch KG
Schützenstraße 18
68259 Mannheim
Telefon 0621-129 15 0
Fax 0621-129 15 99
E-Mail: verlag@waldkirch.de
www.verlag-waldkirch.de

Iris Welling

Klaus Kariert

Verlag Waldkirch

... ein dankbares Miau

- an alle Katzen! Meine eigenen und die, die mir draußen in freier Wildbahn begegnet sind. Sie zeigten mir immer wieder, welch geheimnisvolle, faszinierende, geschmeidige, eigenwillige und wunderschöne Geschöpfe sie sind.
- an Nina Ratzmann, meine Nichte, für ihr unermüdliches strenges Lektorat. Trotz ihres ‚hohen' Alters von 15 Jahren hat sie sich durch die Kapitel gearbeitet und mich immer wieder mit ihren erstaunlich erwachsenen Kommentaren überrascht.
  Nina, du wärst eine gute Literatur-Kritikerin.
- an Barbara Waldkirch, die es wagte, sich auf das Klaus-Kariert-Experiment einzulassen.
- an alle Schreiberlinge von Roald Dahl über Terry Pratchett bis zu Philipp Ardagh und Neil Gaiman, die mir mit ihrem skurrilen, fantastischen und schwarzen Humor Mut machten, Klaus Kariert zu erschaffen.
- an Eva Baumgartner – sie weiß wofür – wow!

Dieses Buch zu schreiben hat mir einen höllischen Spaß gemacht, vor allem, mir immer wieder neue Herausforderungen für KK auszudenken ...
ABER nur so fand er heraus, was alles in ihm steckte.
Also lest und vergnügt euch daran, und lasst zu, dass euer Gehirn ab und zu einen Bocksprung macht. Und verbietet euch nie zu denken „was wäre wenn ..."

Egal, ob ihr 8 oder 88 Jahre alt seid.

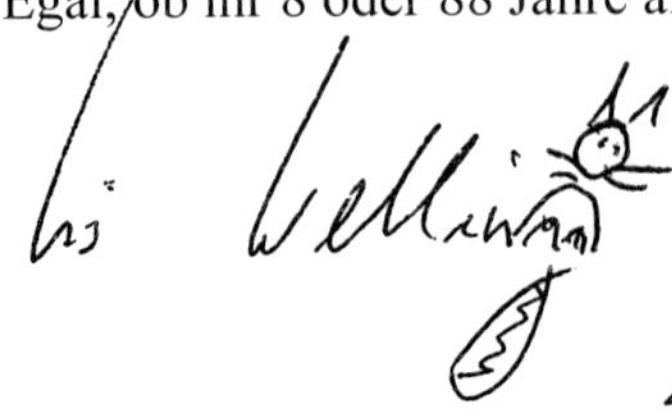

Kapitel 1

Klaus Zacharias – KEIN netter Junge

Mein Name ist Klaus Zacharias und ich erzähle euch jetzt vom größten Abenteuer meines Lebens. Zumindest vom größten Abenteuer bisher. Man weiß ja nie, was noch kommt!

Als ich noch wie ein normaler Junge aussah, WAR ich nett, höflich und ein guter Schüler. Ich grüßte die Nachbarn und sagte ‚Danke', wenn es etwas gab, wofür man sich bedanken sollte. Ich las gerne Bücher und schrieb sogar Gedichte. Die hab' ich aber nie jemandem vorgelesen. Nicht einmal Cordula, meiner Mutter. Und Roland, mein Vater, durfte überhaupt nichts davon wissen. Wollt ihr wissen, warum?
Ganz einfach: Mein Vater schrieb Bücher. Und nein, es war mir nicht peinlich, denn er schrieb richtig gute Sachen. Aber er fand keinen Verlag, der seine Bücher drucken wollte. Er wurde immer trauriger, als er sah, dass meine Mutter mehr und mehr arbeiten musste, um genug Geld für uns zu verdienen. Also gab er seinen Traum auf. Aus Liebe zu ihr. Ist das nicht ein toller Buchtitel ... aus Liebe zu ihr!
Mein Vater suchte sich Arbeit, füllte Regale im Supermarkt und saß abends noch an der Kasse der Tankstelle. Da konnte er zwar lesen, aber glücklich war er nicht.
Er las mir auch nichts mehr vor. Nein, falsch. Mein Vater hatte mir NIE vorgelesen. Er fragte mich, was für eine Geschichte ich gerne hören würde. Etwas über Drachen, Piraten oder Außerirdische? Dann dachte er sich etwas aus. Das war klasse und echt spannend. Und damit ich alles nachlesen konnte, schrieb er alles auf, aber niemand wollte es drucken.

Alles, was er jetzt noch schrieb, war der Bericht über das Jubiläum des Kaninchenzucht-Vereins für unsere Stadt-Zeitung, die Ulkweiler Nachrichten.
Wieder und wieder sagte er zu mir: „Klaus, komm ja nicht auf die Idee, Schriftsteller zu werden. Du wirst kein Geld verdienen und deine Familie und dich sehr unglücklich machen!"
Doch seine Warnung kam zu spät. Wenn ich ein Buch langweilig fand, dachte ich mir einfach selbst etwas spannendes aus. Ich merkte schnell, dass ich ein toller Geschichten-Erfinder war. Genau wie mein Vater. Aber das hätte ihm nicht gefallen.

Für alle, die immer alles genau wissen wollen:
Achtung! Wichtig! Jetzt erinnern!
... so WAR ich einmal gewesen.

... bis Olaf, Kevin, Alex und Finn in meine Klasse kamen.
Die vier waren zweimal sitzengeblieben und zwei Köpfe größer als wir anderen.
Frau Helfert, unsere Lehrerin, wollte NICHT, dass die vier nebeneinander saßen und setzte an jede Ecke der Klasse einen. Es sah aus, als hätte unsere Klasse vier große Brüder, die uns beschützten.
Olaf saß neben mir und ‚beschützte' mich. Klingt jetzt für eure Ohren sicher toll, nur gab es nichts, wovor ich beschützt werden musste. Außer vor Olaf und seiner Rüden-Rüpel-Bande.
Olaf ‚beschützte' mich auch nur, wenn ich ihm mein Taschengeld gab und er sich das leckerste von meinen Pausenbroten aussuchen konnte. Und nur, wenn er von mir die Hausaufgaben bekam. Außerdem duldete Olaf keine Bes-

serwisser und keine Streber, die Bücher lasen. Vor allem duldete Olaf keine Dichter.
Eines Tages erwischte er mich, als ich ein Gedicht für Lily schrieb. Ich glaube, es war Nummer 96.
Lily saß in der Klasse zwei Reihen vor mir. Sie war genau wie ich: ruhig und still, eine gute Schülerin, immer ein Buch vor der Nase. Einmal hatte ich ‚Hallo' zu ihr gesagt und dann nix mehr, denn ich merkte, wie ich rot wurde.
Lilys blonde Haare waren zu Zöpfen geflochten, die ihr wie ‚*zwei Flüsse aus Gold*' über den Rücken fielen. Klingt das nicht toll? Ich hab' das gleich als Überschrift genommen: *zwei Flüsse aus Gold!*
Was soll ich sagen: Olaf riss mir den Zettel aus der Hand und las mein Gedicht im Schulhof der ganzen Klasse vor. Alle lachten. Nicht, weil ihnen das Gedicht nicht gefallen hätte, sondern weil sie Angst vor der Rüden-Rüpel-Bande hatten. Olaf wollte, dass sie lachten. Also lachten sie. Nur Lily lachte nicht.
„Klaus' Vater ist gar kein richtiger Schriftsteller", sagte Olaf hämisch, „er schreibt nur was über den Kaninchenzuchtverein."

Für alle, die immer alles genau wissen wollen:
Das wusste Olaf nur, weil sein Vater der Vorsitzende des Kaninchenzuchtvereins war. Auf den Foto für die Zeitung drängte er sich immer ganz nach vorne.

„Der Zacharias hat noch nie ein Buch geschrieben, das man kaufen kann", Olaf war noch nicht fertig mit mir, „weil er keinen Zerleger findet!"
Das stimmte und war auch falsch.

RICHTIG: Von meinem Vater Roland gab es kein Buch zu kaufen.
FALSCH: Es hieß nicht Zerleger. So was gibt es vielleicht beim Metzger. Oder gibt es einen Fliesen-Zerleger? Nein, es hieß Verleger. Der Chef von einem Verlag war ein Verleger.
Aber ich wollte nicht mit Olaf streiten. Ich freute mich, dass Lily NICHT lachte und schrieb das nächste Gedicht über sie. Obwohl Olaf es mir verboten hatte!

Nummer 97 war fertig und genau wie Nummer 96 zerknüllte ich den Zettel, doch Olaf erwischte mich wieder und schnappte danach. Er las leise, murmelte jedes Worte vor sich hin. Dann riss er erstaunt die Augen auf. Für eine halbe Sekunde dachte ich, dass er jetzt sagen würde ‚Mann, das ist echt klasse‘. Aber er runzelte die Stirn und sah mich böse an.
„Aus dir wird nie ein richtiger rüder Rüpel! Hab’ ich nicht gesagt, du sollst mit dem Gekritzel aufhören? Das ist total altmodisch und uncool. Soll ich es wieder vorlesen?“
Nein, das sollt er nicht. Ich wollte nur mein Gedicht zurück, doch der Zettel verschwand in Olafs Hosentasche.

Genau wie mein Vater gab ich auf und schrieb keine Gedichte und Geschichten mehr. Ich machte auch keine Hausaufgaben mehr und bekam nur noch schlechte Noten. Ich lachte laut und schrill, über Olafs blöd-öde Witze, trampelte durch die Vorgärten der Nachbarn und warf die Mülltonnen um. Wenn wir zusammen von der Schule nach Hause gingen, musste ich immer etwas Freches tun, damit Olaf mir mein Telefon zurück gab. Ich biss zornig die Zähne zusammen, als er mich zwang, mit einer Steinschleuder auf den dicken Dackel von Nachbar Brösel zu schießen. Ich nahm einen besonders kleinen Stein, versuchte absichtlich daneben zu zielen, aber ihr wisst ja, wie das ist: Ich traf den alten Hund genau am Hinterteil, und er jaulte erschreckt auf. Das tat mir richtig weh. Olaf sagte, dass aus einem Weichei wie mir nie ein rüder Rüpel werden würde.

Schon bald wunderten sich die Nachbarn über den neuen Klaus. Cordula, meine Mutter, wagte kaum die Haustür zu öffnen. Besonders, wenn die Türglocke mehr als einmal schrill läutete. Das bedeutete immer, dass draußen jemand stand, der mächtig wütend war.
Ich belauschte meine Eltern dabei, wie sie überlegten, ob es wohl an dem Namen ‚Klaus' lag, den sie mir gegeben hatten.

Für alle, die immer alles genau wissen wollen:
Ihr wisst, dass es nicht daran lag.

Zugegeben, ‚Klaus' war schon ziemlich altmodisch, aber so hieß schon Cordulas Vater und zufällig auch Rolands Vater. Meine zwei Großväter waren stolz und glücklich, als sie hörten, dass auch ich ‚Klaus' heißen sollte.
An jedem Geburtstag, zu jedem Weihnachtsfest, zu Nikolaus und Ostern überhäuften sie mich mit Geschenken und Geld. Es war nicht schlecht, Klaus zu heißen, doch ich sollte bald einen neuen Namen bekommen. Und mich auch sonst ziemlich verändern.

Kapitel 2

Caro-Line Mac Bleistein

Bevor ich weitererzähle, müsst ihr unsere neue Nachbarin kennenlernen:
Caro-Line Mac Bleistein zog in der Ulkweilerstraße Nr. 7 ein.
Sie war uralt. Mindestens fünfzig! Außerdem sehr groß und klapperdürr. Sie hatte eine spitze Nase und einen dünnen, schmalen Mund, der immer verkniffen wie ein Strich zwischen den Lippen verschwand. Ihr Haar war grau, genau wie ihre Augen. Sie ging kaum aus dem Haus und redete mit niemandem. Ihre Nachbarn hielten sie für seltsam.

Für alle, die immer alles genau wissen wollen:
Eigentlich dachten alle, dass sie verrückt, durchgeknallt und ‚gaga' ist.
Aber ‚seltsam' klingt höflicher.

Ihr wollt wissen, warum sie Caro-Line Mac Bleistein für seltsam hielten? Ganz einfach: Sie liebte alles Karierte.
Aber das aller-aller-seltsamste war, dass sie karierte Dinge besaß, die normalerweise nicht kariert waren. Wie sie das schaffte, wusste keiner.
Da war zum Beispiel die Sache mit dem karierten Nudelsalat.
Als Caro-Line Mac Bleistein einzog, luden die Nachbarn sie zu einer ‚Willkommen-in-der-Ulkweiler-Straße'-Party ein.
Meine Mutter war auch dort und erzählte später, dass Caro einen Nudelsalat mitgebracht hatte. Einen karierten Nudelsalat. Und einen Käsekuchen. Aber der hatte einfach nicht kariert werden wollen, wie Caro allen erzählte.

Natürlich läutete nach der Party ständig jemand an ihrer Haustür und wollte das Rezept für karierten Nudelsalat wissen.

Für alle, die immer alles genau wissen wollen:
Dazu braucht man kein Rezept, sondern vor allem karierte Nudeln.

Dann kam die Sache mit der karierten Mülltonne. So eine karierte Mülltonne vor dem Haus sieht viel schicker aus als so ein langweilig-graues Ding. Deshalb wollten auch alle Nachbarn eine haben.
Was es noch alles an karierten Dingen in Caros Haus gab, wusste niemand. Nach der Sache mit den Mülltonnen baute die Mac Bleistein eine Alarmanlage unter dem Fußabstreifer ein. Der Briefträger unserer Straße sprang vor Schreck jedes Mal hoch in die Luft, wenn er die Post in Caros Briefkasten steckte. Der war natürlich auch kariert. Der Briefkasten, nicht der Briefträger.

Sogar in der Schule wurde über Caro geredet. Als Olaf herausfand, dass ich ganz in der Nähe wohnte, wollte er, dass ich bei der Mac Bleistein einbreche und etwas stehle.
Glaubt mir, ich hätte niemals was gestohlen. Ich wollte nur Fotos machen, damit Olaf mich in Ruhe ließ. Aber ich hatte Pech. An jedem Fenster hingen vier dicke Schlösser, die nicht zu knacken waren. Ich holte einen Hammer, aber der machte so viel Lärm, dass die Nachbarn die Polizei alarmierten. Zum Glück war ich schnell und konnte nach Hause laufen, ohne dass mich jemand sah.
Olaf musste einsehen, dass es unmöglich war, in Caros Haus zu kommen. Doch ich kann euch verraten – und ein bisschen im Voraus muss man bei einer Geschichte ver-

raten, damit sie spannend bleibt: Ich schaffte es, in Caros Haus zu kommen!
Noch besser: Sie öffnete mir sogar freiwillig die Tür!

Kapitel 3
Reisepläne

Alles begann mit dem Tag, an dem mein Vater Roland die Stellenanzeige in der Zeitung entdeckte. Ein Verlag suchte einen Mitarbeiter, der die Bücher anderer Schriftsteller las, bevor sie gedruckt wurden. Klar, es war nicht so toll wie selbst zu schreiben, aber er könnte mit Büchern arbeiten. Leider war dieser Verlag in einer anderen Stadt, und die war ziemlich weit weg.
Mein Vater trug die Anzeige immer bei sich. Jeden Morgen und jeden Abend zog er sie aus der Tasche und jeden Vormittag und jeden Nachmittag. Ich hörte meine Mutter zu ihm sagen, dass er endlich eine Bewerbung losschicken sollte.
Wie gesagt: Mein Vater war genau wie ich – nicht besonders mutig. Es dauerte noch eine ganze Weile, bis er eine Bewerbung schrieb.
Zwei Wochen später flatterte an einem Donnerstag ein Brief ins Haus.

Für alle, die immer alles genau wissen wollen:
Der Brief flatterte natürlich nicht, sondern lag einfach in unserem Briefkasten. Aber flattern kling hier einfach cooler!

Was in dem Brief stand, haben mir meine Eltern erst viel später erzählt. Aber ihr müsst es jetzt schon wissen, damit ihr versteht, wie es weitergeht.

Der Chef des Verlages wollte die Familie Zacharias kennenlernen. Roland und Cordula tanzten glücklich durchs Wohnzimmer, bis ihnen einfiel, dass auch ich, Klaus, ein

Teil der Familie war. Ein ziemlich übler Teil, und mein Vater hatte dem neuen Chef – das müsst ihr euch einmal vorstellen – nichts davon geschrieben, dass es mich, Klaus, überhaupt gab!

An diesem Donnerstagabend kam ich wie immer viel zu spät nach Hause. Ich schlurfte in die Küche, bohrte ausgiebig in der Nase und ließ mich auf meinen Stuhl plumpsen. Mein Vater ließ den Brief mit der Einladung in seiner Hosentasche verschwinden.
„Schönen Tag gehabt", murmelte meine Mutter. Kein Gemecker über den verschmierten Boden, kein ‚Zieh die dreckigen Schuhe aus'. DAS hätte mir schon zu denken geben sollen. Nein, sie stellte mir nur meinen Teller unter die Nase.
Cordula und Roland betrachteten mich mit verkniffenen Mundwinkeln und gerunzelter Stirn.
Doch ich merkte nichts, verschlang laut schmatzend mein Essen. Das Gemüse schob ich an den Tellerrand und meine Cola schlürfte ich geräuschvoll durchs Röhrchen, obwohl mich meine Eltern schon 1.033 mal gebeten hatten, leiser und gesitteter zu essen.
Aber sie wussten ja nicht, dass Olaf jederzeit draußen vorm Fenster stehen konnte und aufpasste, dass ich mich wie ein rüder Rüpel benahm. Trotzdem erklärte ich meinen Eltern einmal mehr, dass es in einigen Ländern sogar höflich war, zu schmatzen und zu rülpsen.
„Damit alle wissen, wie gut es schmeckt", erklärte ich schlau.
„Aber mein Essen schmeckt dir doch gar nicht", murmelte meine Mutter.
Ich ließ wie immer Teller, Besteck und Glas stehen, schlurfte rülpsend zum Kühlschrank, um noch mehr Cola

zu trinken. Flink schnappte ich die Tüte mit den Chips. Jetzt waren auch Schlammkrusten auf dem Küchenboden.
„Wie wäre es mit einer Dusche“, fragte meine Mutter mit gerümpfter Nase, als ich an ihr vorbeiging.
Duschen? Nein, unmöglich. Olaf kontrollierte jeden Morgen, ob seine Rüpel auch richtig ätzend müffelten.
Meine Mutter sagte noch immer nichts. Nichts davon, dass ich einen Lappen holen und den Boden wischen und Chips und Cola zurückstellen sollte. Sie sagte kein einziges Wort.
Genau an diesem Abend beschlossen Cordula und Roland, dass sie Klaus, ihren Rüpel-Sohn, zu dem wichtigen Besuch bei dem neuen Chef NICHT mitnehmen wollten.
Am nächsten Morgen rief meine Mutter bei den Eltern meiner Mitschüler an. Irgendwo musste ich ja essen und schlafen, solange sie weg waren. Doch alle sagten, sie hätten grade keine Zeit. Ja, es sei eine ansteckende Krankheit ausgebrochen, und in den Kinderzimmern seien Termiten eingebrochen. Oder es fiel ihnen ein, dass ihr Haus abgebrannt war oder es sicher bald tun würde und leider, leider ... nein, wirklich vollkommen unmöglich!
Meine Mutter wusste genau, was dahinter steckte. Zu allem Übel konnte sie niemandem böse sein. Aber trotzdem war es für sie schwer zu ertragen, dass mich niemand leiden konnte.
Ja, meine Mutter war verzweifelt. Sie stellte sich wohl vor, wie ich, Klaus, bei dem neuen Chef schlürfend und schmatzend im feinen Wohnzimmer sitzen würde. Niemals würde mein Vater diesen neuen, tollen Job bekommen. Ja, sie war richtig verzweifelt, überlegte und grübelte. Und weil man dabei den Kopf hängen lässt, stieß sie mit Nachbarin Caro-Line Mac Bleistein zusammen, als diese ihren Mülleimer ausleerte.

„Könnte Klaus für ein paar Tage bei Ihnen wohnen?“, fragte meine Mutter, „mein Mann und ich müssten in einer wichtigen Angelegenheit verreisen. Alleine!“
Kaum waren die Worte aus ihrem Mund gesprudelt, als sie sich schon auf die Lippen biss.
Was hatte sie nur gedacht? Die verrückte Mac Bleistein würde jetzt gleich hämisch lachen und Sachen wie ‚Ich bin doch kein Kindermädchen‘ oder ‚Schämen Sie sich! Was sind Sie für eine Mutter?‘ sagen.
Doch Caro sagte nichts. Sie kniff Augen und Lippen noch mehr zusammen. Meine Mutter sah schon, wie sich vier Buchstaben auf Caros Lippen bildeten: NEIN!
Stattdessen lächelte die Mac Bleistein honig-zuckerwatten-süß und dann kamen wirklich VIER Buchstaben aus ihrem Mund. „GERN!“
Sie lächelte, als gäbe es für sie nichts Schöneres auf der Welt, als mich bei ihr wohnen zu lassen. Obwohl ich versucht hatte, bei ihr einzubrechen? Diesen Klaus wollte sie den ganzen Tag um sich haben?
Meine Mutter traute ihren Ohren nicht. „Sind Sie sicher? Ich rede von Klaus!“ Doch Caros süßes Lächeln klebte weiter in den Mundwinkeln.
„Ich weiß, von wem Sie reden, liebe Frau. Ja, ich kann ihn gut gebrauchen, äh, ich meine, er wird es gut bei mir haben! Bleiben Sie ruhig ein paar Tage länger!“
Jetzt klimperte die Mac Bleistein sogar mit den Wimpern – und hier, HIER hätte meine Mutter merken müssen, dass etwas nicht stimmte. Ja, sogar ober-faul war. Aber sie freute sich schon unbändig auf die Reise. Von morgens bis abends keinen Klaus! Kein Gemecker, keine Beschwerden, kein Streit … Hurra! Yippie!

Die Woche, in der sie losfahren wollten, war sogar in den Sommerferien. Caro-Line Mac Bleistein würde mich nicht morgens aus dem Haus jagen müssen, damit ich wenigsten zur dritten Stunde ankam. Jetzt musste meine Mutter nur noch mich dazu bringen, dass ICH einverstanden war. Kein Problem, denn ich wollte ja dringend in Caros Haus, aber das wusste meine Mutter nicht und hatte sich einen super-schlauen Plan ausgedacht.
Zu Mittag gab es fettige Hamburger mit fettigen Pommes und viel Ketchup, um mich friedlich zu stimmen. „Stell dir vor, die Mac Bleistein hat uns angeboten, dass du bei ihr wohnen kannst, während Paps und ich diesen neuen Chef besuchen. Was die sich einbildet, die verrückte Alte! Natürlich hab' ich NEIN gesagt. Natürlich kommst du mit UNS!"
Sie beobachtete mich. Was, wenn ich jetzt sagen würde ‚Natürlich, liebe Mama, du hast vollkommen recht. Ich fahre mit euch!'
Aber nein, ich enttäuschte sie nicht. In Caros Haus zu kommen, war wichtig für mich.
„ICH will zur Mac Bleistein. Die lässt sonst niemanden ins Haus!"
Stimmt, das hatte meine Mutter ganz vergessen. Sie runzelte für einen Moment die Stirn. Jetzt zog ich den Kopf ein ... was, wenn sie jetzt ... ? Doch sie war schon im Fieber! Im Reisefieber!
Eine Woche später stand ich mit meiner gepackten Sporttasche vor Caros Haustür. Meine Eltern zerrten mit zufriedenem Lächeln zwei riesige Koffer zum Auto. Wozu brauchten sie soviel Gepäck für zwei Tage? Ich winkte ihnen lässig, doch sie stiegen in unseren alten, weißen Mercedes und sausten mit quietschenden Reifen davon. Niemand winkte MIR zum Abschied. Mir kam es vor, als hätten sie

Angst, die verrückte Mac Bleistein könnte es sich anders überlegen. Und wie fröhlich sie ausgesehen hatten! Sonst nervten sie mich ständig mit Millionen von Sorgen, die sie sich um mich machten.
Ich war traurig und stolz zugleich. Ich hatte meine Rüpel-Rolle so toll gespielt, dass sie sich keine Sorgen mehr um mich machten. Plötzlich wusste ich nicht, was mich mehr ängstigte: bei dieser verrückten Caro zu wohnen oder Olaf und seine Rüpel-Bande? Aber ich kann euch jetzt schon sagen: Es kam alles ganz anders als geplant.

Kapitel 4

Bei Caro

Sobald meine Eltern um die nächste Ecke gebraust waren, stand Caro-Line Mac-Bleistein auf der Türschwelle. Ich beschloss, cool zu grinsen, doch bevor ich grinsen konnte, packte sie mich und zerrte mich ins Haus. Sie knallte die Tür zu, drehte den Schlüssel dreimal um und drückte blitzschnell auf die Tasten eines Kästchens neben der Tür. Fünf rote Lämpchen blinkten hektisch.
„Das ist die Alarmanlage“, erklärte sie mir, „um sie auszuschalten, muss man ein Kennwort eingeben. Glaub’ nur nicht, dass du es knacken kannst. Es ist weder mein Vorname noch mein Geburtsdatum. Und es sind 25 Buchstaben und 11 Ziffern!“
Ich spitzte die Ohren. Das war ein Fall für Kevin, Olafs Computer-Rüpel. Der war total wild auf Computerspiele. Ich musste ihm unbedingt ein Foto auf sein Handy schicken.

Für alle, die immer alles genau wissen wollen:
‚Handy‘ ist ein englisches Wort und heißt einfach nur ‚praktisch‘.
In England heißt ein tragbares Telefon ‚mobile phone‘ oder ‚cell phone‘ in Amerika.

Ich wollte mein Telefon aus der Tasche ziehen, aber Caro beobachtete mich. Also ließ ich es stecken und sah mich um. Die Tapete im Flur war rot-schwarz-kariert und ein grün-gelb-karierter Schirm stand im Schirmständer. Das war nix Besonderes, das konnte man sicher irgendwo kaufen. Nein, für Olaf brauchte ich etwas viel Aufregenderes.

„Hier geht's lang." Caro stieß mich zur Treppe, die hinauf in den oberen Stock führte. Dort blieben wir vor einem Gemälde stehen, dass schief an der karierten Wand hing.
„Das ist mein Neffe Angus", erklärte Caro, „er lebt in Schottland. Dort bin ich geboren. Er ist der Sohn meiner geliebten Schwester Emily."
Dieser Angus musste genauso verrückt sein wie Caro, denn er trug einen Rock. Ein Mann, der einen karierten Rock trug! Diese ganze Familie Mac-Bleistein war total übergeschnappt.
„Ich habe es so geliebt, mein Schottland", seufzte Caro leise, „aber das war in einem anderen Leben!"
Wie bitte? Ich tippte mir hinter Caros Rücken mit dem Zeigefinger gegen die Stirn. In welchem anderen Leben? Man hatte doch nur eines.
„Leider ist mein Neffe ein lausiger Wissenschaftler. Viel zu ängstlich. Immer hat er mich gewarnt. Nein, Tante Caro, damit soll man nicht experimentieren. Tu' dies nicht, tu' das nicht. Ein richtiger Hasenfuß ist er! Dir kann ich es ja sagen, denn du wirst es niemandem erzählen."
Plötzlich kicherte sie. Nicht fröhlich, sondern schrill und spitz. Irgendwie irre. Irre und unheimlich. Klar, würde ICH diesem Angus nie was erzählen! Ich kannte ihn ja überhaupt nicht. Und wie sollte ICH nach Schottland kommen?
Caro öffnete eine Tür links neben dem Angus-Gemälde.
„Hier ist dein Zimmer. Ich werde noch oben in meinem Labor arbeiten. Du hast ja sicher etwas zu tun, mein Lieber!"
Für meine Ohren klang ‚Mein Lieber' als hätte sie gesagt, ‚du ungehobelte, freche, kleine Kröte, steh mir nicht länger im Weg herum.'
Ich trug meine Sporttasche in das Zimmer. Es war winzig klein, wie eine Abstellkammer. Eine Matratze und eine rot-schwarz-karierte Decke lagen auf dem Boden. Egal,

hier drin würde ich nicht oft sein. Wenn ich nur dran dachte, was ich schon alles gesehen hatte: karierte Tischdecken, Teppiche, das Sofa und der Sessel, Lampenschirme, sogar die Tulpen in der Vase. Es würde Tage dauern, alles zu fotografieren.
„Pack dein Zeug aus, mach Hausaufgaben oder lies was. Um 18 Uhr gibt es Abendessen – und ich weiß schon jetzt, dass ich nicht nach dir suchen muss."
Caro kicherte wieder ziemlich irre, warf die Tür zu und drehte den Schlüssel um.
Eingeschlossen! Sie hatte mich eingeschlossen! Keine Fotos!
Ich hämmerte gegen die Tür und schrie „Lassen Sie mich sofort raus! Ich rufe meine Eltern an! Entführung! Ich rufe die Polizei!"
„Halt die Klappe", kreischte Caro zurück, „steck' deine Rotznase in deine Bücher. Das wird nicht schaden!"
Lesen? Ich hatte keine Bücher dabei. Nur mein Telefon, doch was war das? In diesem Zimmer gab es kein Netz. Das Telefon funktionierte nicht – und es gab auch keinen Fernseher! Nur ein Stapel Bücher lag in der Ecke.
Diese Verrückte hatte mich entführt! Nein, falsch! Meine Eltern hatten mich freiwillig bei ihr abgeliefert!
Rechts war ein winziges Fenster. Ich rüttelte am Griff. Natürlich verschlossen. Immerhin konnte ich von hier oben die Straße sehen. Ja, ich würde winken oder ein Schild ‚Hilfe, ich wurde entführt' hochhalten. Gerade ging unten Nachbar Brösel mit seinem dicken Dackel vorbei. Ich stellte mich auf Zehenspitzen und hämmerte mit beiden Fäusten gegen die Scheibe. Herr Brösel blieb stehen, sah sich um und sah nach oben. Dann grinste er und ging weiter.
‚Er hat mich gesehen', dachte ich, ‚aber er will mich nicht sehen'. Mir fiel ein, dass Olaf mich gezwungen hatte, sei-

nem Dackel auf den Hintern zu schießen. Das war jetzt die Rache dafür.
Ich stolperte über den Stapel Bücher. Alles Bücher über Katzen! Hatte die verrückte Mac Bleistein irgendwo eine Katze? Ich ließ mich auf die Matratze mit der karierten Decke plumpsen und starrte hoch zur Zimmerdecke. Über mir liefen Schritte eilig hin und her, dann rumpelte, zischte und knallte es. Ich hörte Caro zornig rufen. „Verflixt, schon wieder misslungen!“
Egal, in zwei Tagen waren meine Eltern wieder da.

Eine Minute vor 18 Uhr drehte sich der Schlüssel im Schloss und die Tür sprang auf.
„Los, runter mit dir in die Küche!“ Caro polterte vor mir die Treppe hinunter.
Ich schlurfte langsam hinterher. Dabei riskierte ich einen Blick in das Zimmer links neben meinem. Das musste Caros Schlafzimmer sein: karierte Bettwäsche und eine karierte Kommode, karierte Pantoffeln standen auf einem karierten Bettvorleger.
„Das Badezimmer ist unten links“, rief Caro, „und du könntest dringend eine Dusche brauchen. So wie du riechst, kommst du nicht in meine Küche. Kein Wunder, dass sie dich nicht mitgenommen haben. Sie wollen sicher einen guten Eindruck machen, dort wo sie hingefahren sind!“ Caro verschwand in der Küche.
Ich stieß die Tür zum Badezimmer auf. Gerade wollte ich sagen, dass meine Eltern mich sehr wohl mitnehmen wollten …, als mir der Satz im Hals stecken blieb.
Wer von euch hat schon eine karierte Badewanne gesehen? Karierte Handtücher, karierte Seife. Sogar kariertes Klopapier! Das war irre! Ich schraubte die Haarshampoo-Flasche auf, um zu testen, ob das Shampoo auch kariert war. „Wie

lange dauert das noch?“ Caro stand in der Tür. Ihre grauen Haare standen wirr vom Kopf ab, ihr weißer Laborkittel war voller Brandlöcher.
Ich stellte mich unter die Dusche, um zu sehen, ob kariertes Wasser aus der Leitung kam. Aber nein, es war normales Wasser. Schade, DAS hätte ein tolles Foto für Olaf gegeben. Ich zog mich wieder an und ging in die Küche.
Das karierte Klopapier war schon erstaunlich gewesen, aber auf meinem Abendbrotteller lag eine Scheibe ... kariertes Brot! (*ja, ja, es muss heißen: karierten Brotes!*)
Misstrauisch betrachtete ich das Glas daneben. Nein, das war nur Cola. Aber der Tisch, die Stühle und natürlich mein Teller: alles kariert. Komisch, die Serviette war einfach nur rot.
„Ist das Ihr Labor, da oben über meiner Abstellkammer?“, fragte ich.
„So, du nennst dein Zimmer Abstellkammer“, kicherte Caro, „na du bist ja ein ganz Schlauer! Ja, es ist eine Abstellkammer und DU bist jetzt dort abgestellt!“
Sie öffnete den Kühlschrank. Schnell zog ich mein Telefon aus der Hosentasche, um die Brotscheibe auf meinem Teller zu fotografieren, als Caros Hand über meine Schulter griff und mir das Telefon wegriss.
„Geben Sie mir das zurück“, rief ich, „das gehört mir!“
„Jetzt nicht mehr.“ Das Telefon verschwand in der Tasche ihres Laborkittels.
„Aber Sie müssen es mir geben! Das ist Diebstahl!“
„Was du nicht sagst. Und was war das, als du mir meine Kellerfenster zerkratzt und beschädigt hast? Das war Einbruch! Du müsstest dich noch bei mir bedanken, weil ich dich nicht bei der Polizei angezeigt habe!“
Ich wurde rot. Vor Zorn und ja, auch ein wenig, weil ich mich schämte. Langsam wurde mir das alles zu blöd.

„Ich will nach Hause. Sofort. Ich warte dort auf meine Eltern. Sie können mich hier nicht einsperren. Das ist Entführung!“
„Falsch“, Caros spitze Nase schoss wie eine Nadel auf mich zu, „deine Mutter hat dich mir aufgedrängt. Weil sie alleine verreisen wollten, die zwei. Ganz alleine. Ohne dich. Also sei friedlich, dann passiert auch nix!“
Sie kniff die Augen zusammen und kicherte wieder schrill. „Wieder falsch! Es passiert ja doch was. Ja, du kannst dich freuen. Du wirst ein tolles Abenteuer erleben, mein Lieber. Du liebst doch Abenteuer, oder? Ja, alle Jungs lieben Abenteuer!“
Abenteuer? Hier bei dieser Verrückten?
„Außerdem ist es sehr unhöflich, eine alte Dame anzuschreien, mein Lieber. Zur Strafe gibt es heute kein Abendbrot. Los, verschwinde in deine Abstellkammer. Wenn du Glück hast, gibt es morgen früh was!“
„Ich hab’ aber jetzt Hunger!“
„Es schadet nicht, wenn du lernst wie sich Hunger anfühlt“, zischte Caro, „sehr abgemagert siehst du ja nicht aus! Wenn ich es mir genau überlege“, sie griff nach dem Glas Cola und kippte es in die Spüle, „DAS hier muss auch nicht sein. Leitungswasser tut es auch!“
Ich war sprachlos. So hatte noch nicht einmal meine Mutter mit mir geredet. Ja, von den vielen Hamburgern, Pommes, Pizzen und Dönern war ich um den Bauch rundlich geworden. Aber ich musste das alles essen, damit Olaf mich in Ruhe ließ. Der war selbst ziemlich speckig und duldete keinen Salat in seiner Nähe.
Caro packte mich, schubste mich hoch in meine Abstellkammer und sperrte mich wieder ein. Ich kann euch sagen, für so eine uralte Frau hatte sie unglaublich viel Kraft.

Ich muss zugeben, dass ich zum ersten Mal in meinem Leben nicht wusste, was ich tun sollte. Schreien, heulen oder toben? Oder alles gleichzeitig? Aber irgendwie wusste ich auch, dass es bei Caro nichts nutzen würde.
Ich kauerte mich auf die dünne Matratze und merkte, wie hungrig ich war. Jetzt hätte ich sogar von dem gesunden Gemüsezeugs meiner Mutter gegessen. Ich vermisste ... einfach alles! Mein Zimmer, mein bequemes Bett, den Fernseher, meinen Computer! Natürlich mein Telefon, sogar den Mond, der zu Hause durch mein Fenster schien. Durch dieses winzige Fenster kam fast kein Licht. Es war stock-dunkle-Nacht-finster. Und ja, ich musste es zugeben: Ich vermisste meine Mutter! Und meinen Vater! Und das schon am ersten Tag! Was war nur los mit mir?

Kapitel 5
Klaus Kariert

Am nächsten Morgen wachte ich erst auf, als meine Zimmertür aufgeschlossen wurde. Heute musste ich unbedingt die Fotos für Olaf machen und dann ab nach Hause – am besten aus dem Fenster im Badezimmer. Aber vorher musste ich die verrückte Caro dazu bringen, mir mein Telefon zurückzugeben. Ich lief die Treppe hinunter in die Küche. Caro stand am Herd. Sie hatte eine rot-gelb-karierte Schürze umgebunden und summte vor sich hin. In einer Pfanne brutzelten Frikadellen, Bohnen, Eier mit Speck. Nichts davon war kariert.

„Wie wäre es vor dem Frühstück mit einem Besuch im Badezimmer, mein Lieber", sagte sie schnippisch, „ungewaschen kommst du nicht an meinem Tisch!"

Ich verschwand im Badezimmer und sah gleich, dass die Fenster vergittert waren. Ich warf mir drei Spritzer Wasser ins Gesicht und lief zurück in die Küche.

„Das erzähle ich alles meinen Eltern", gierig starrte ich auf den Speck, „Sie sperren mich ein und lassen mich hungern!"

Caros Augen glitzerten gefährlich. „Glaub´ mir, mein Lieber, wenn deine Eltern zurückkommen, werden sie ganz andere Sorgen haben."

Ich wollte gerade fragen, was für Sorgen das sein sollten, doch der Duft nach gebratenem Speck und Eiern stieg mir in die Nase. So ein Frühstück hatte mir Mama nie vorgesetzt. Ich ließ mich zufrieden auf einen Küchenstuhl plumpsen.

Caro knallte einen Teller voll braun-schwarz-kariertem Toastbrot auf den Tisch und warf mir einen finsteren Blick zu. „Der gnädige Herr ist wohl zu vornehm, um den Tisch zu decken? Aber der gnädige Herr muss sich selbst einen Teller aus dem Schrank holen. Und Messer und Gabel nicht vergessen. Oder isst man bei euch zu Hause mit den Fingern?“

Ich schob mit lautem Gescharre meinen Stuhl zurück. Darüber hatte sich meine Mutter immer furchtbar aufgeregt, weil der Boden davon schwarze Streifen bekam. Doch Caro sagte kein Wort. Ich riss EINEN Teller und EINE Gabel für mich aus dem Küchenschrank und knallte die Schranktüren wieder zu. Caro sagte nichts. Als ich am Tisch saß, sah ich einen dicken, schwarzweißen Kater draußen vorm Küchenfenster sitzen. Caro ließ ihn herein. Der Kater maunzte hungrig, sprang zu Boden und betrachtete mich misstrauisch.

Caro füllte zuerst den Katzennapf und dann erst meinen Teller: Frikadellen, Bohnen, Eier und Speck. Kein Müsli. Echt Lecker. Ich packte die Gabel und sah gerade noch, dass in Caros Hand eine kleine Flasche aufblitzte. Tropfen einer blau-grün-schwarz-gelb-roten Flüssigkeit landeten im Katzen-Napf und auf meinem Teller. Dann verschwand die Flasche wieder in ihrem Laborkittel. Der Napf landete auf den Fußboden und der Teller vor mir auf dem Tisch.

„Lasst es euch schmecken, meine Lieben. Enjoy your meal“, säuselte Caro und huschte aus der Küche.

Der dicke Kater schnupperte misstrauisch an seinem Futter. Ich überlegte. Diese Tropfen ... das war sicher so ein Vitaminzeugs. Das kippte sich mein Vater auch übers Müsli. Ich hatte wirklich großen Hunger und verputzte alles. Komisch, danach fühlte ich mich noch hungriger als vorher. Ob das von den Tropfen kam? Es war, als wäre mein Appetit mit jedem Bissen noch größer geworden, aber die Pfanne auf dem Herd war leer. Aber da war noch der Kat-

zennapf … und der Kater saß noch immer davor. Er hatte keinen Bissen angerührt.
‚Der hat keinen Hunger', überlegte ich, ‚und wer weiß, wann ich wieder was von der verrückten Alten bekomme'.
Ich kniete mich auf den Boden. Ja, ihr habt richtig gelesen: auf den Boden. So unglaublich groß war mein Hunger. Der Kater knurrte mich an, als ich zu seinem Napf kroch, aber ich schob ihn einfach weg. „Verschwinde, du bist fett genug!"
Der Kater fauchte, hob die Pfote und verpasste mir blitzschnell drei blutige Kratzer. Einen auf meiner Hand und zwei auf der Stirn.
„Autsch!" Das brannte höllisch! Ich wischte mir mit der Hand über die Stirn und leckte mir die Blutstropfen von der Hand. Egal, ich war so unglaublich hungrig, zog schnell den Katzennapf zu mir und stopfte alles laut schmatzend in mich hinein. Der Kater tippte sich mit der Pfote gegen seine Stirn, sprang hoch zum Küchenfenster und verschwand.
Als ich aufstand, sah ich, dass Caro-Line Mac Bleistein mich durch die Küchentür beobachtete. Sie hielt eine Kamera vors Auge und murmelte „Unglaublich! Dieser verfressene Junge hat alles leer gefuttert! Was für ein Experiment: die doppelte Menge Tropfen! Unglaublich! Unbelievable! Blimey!"
Keine Ahnung was das heißen sollte! Ich rülpste total laut. Olaf wäre stolz gewesen. Jetzt war ich satt. Keinen Krümel hätte ich mehr verdrücken können. Ich musste mich am Tisch hochziehen, als ich aufstehen wollte. Was war nur in meinem Bauch los? Dick und aufgeblasen wie ein Fußball sah er aus. Mir war schlecht. Ich schlurfte aus der Küche, krabbelte die Stufen hinauf zu meiner Abstellkammer und plumpste auf die karierte Bettdecke.

Dreizehn Sekunden später brodelte und grummelte es in meinem Bauch, dann gluckerte, gurgelte, ächzte und brummte es. Hilfe! Sicher würde ich gleich explodieren und ein kariertes Monster aus mir herauskriechen. Caro stand plötzlich in meinem Zimmer. Ich wollte aufstehen und ihr sagen, dass Cola und Salzstangen gut gegen Magengrummeln sind, doch meine Arme und Beine fühlten sich an, als seien sie an der Bettdecke festgenäht. Ich konnte keinen Finger bewegen und kein Wort sagen.
Caro sagte nichts. Nichts von dem, was meine Mutter jetzt sagen würde. ‚Du armer Junge, ich bring dir einen Tee und eine Wärmflasche. Morgen ist alles wieder gut.' Nein, sie musterte mich wie einen Käfer, der auf den Rücken lag und dem man zusieht, wie er sich abmüht auf die Beine zu kommen. Sie zog ein kariertes Notizbuch und einen karierten Füller aus der Tasche ihres Laborkittels.
„Wehr dich nicht, Junge, dann wird es leichter", sie klopfte mit ihrem Stift gegen meine Nasenspitze, „ah, jetzt fängt es an. Sehr interessant, blau-grün! Die Farben der Familie!"
Ich schloss die Augen, versuchte ‚Mama' zu rufen. Caro murmelte immer wieder. „Die doppelte Menge Tropfen! Unglaublich!"
Dann begann das Reißen und Zerren. Ich fühlte mich wie eine Wurst, die in ihre Pelle gepresst wird. Hin- und her gerollt, gestreckt und gequetscht. Überall, am Kopf, Bauch, Rücken kitzelte und juckte es, aber ich konnte mich nicht kratzen. Arme und Beine wurden zusammengepresst und wieder langgezogen.
Als ich die Augen öffnete, lag vor meiner Nase etwas langes, kariertes. Am Ende blitzten Krallen hervor. War das eine Katzenpfote? Ja, mit kariertem Fell. Blau-grün-kariert mit zarten, schwarzen Streifen. Aber wo war mein rechter Arm? Auch mein linker Arm war verschwunden, stattdes-

sen lag da noch eine zweite Pfote. Auch kariert. Ich stand auf. Es ging ganz leicht. Ich stand auf Vorder- und Hinterpfoten und als ich den Kopf hängen ließ, sah ich – igitt, einen karierten Katzenschwanz!
Hilfe! Ich fiel um und kullerte von der Matratze. Stand wieder auf, presste Vorder- und Hinterpfoten auf den Boden. Meine Jeans und mein T-Shirt lagen neben mir auf der Matratze.
Plötzlich hörte ich ein Geräusch, drehte den Kopf und schielte rechts und links an den Barthaaren vorbei. Das Geräusch kam von Caro. Sie beobachtete mich noch immer. Jetzt hatte ich richtige Wut. Ich öffnete den Mund … igitt, da waren überall Haare! Ich hätte am liebsten geheult, aber es kamen keine Tränen. War das alles nur ein Traum? Ja, klar. So musste es sein. Also, einfach schütteln, aufwachen und schnell weg von hier. Weg von dieser Verrückten. Einfach nach Hause laufen. Und die Fotos für Olaf? Alles EGAL!
Ich stolperte an Caro vorbei zur Treppe. Hilfe, die war ja unglaublich steil! Was für ein Abgrund! Wie sollte ich das schaffen? Kopfüber und mit diesen langen, seltsamen Beinen?

Für alle, die immer alles genau wissen wollen:
Versucht mal auf allen vieren kopfüber eine Treppe hinunter zu laufen, dann wisst ihr, was ich meine.

Plötzlich packte mich Caro und schleppte mich die Stufen hinunter. Vor dem großen Spiegel im Flur setzte sie mich ab. Nein, das war kein Spiegel mehr. Jetzt war es ein Gemälde, auf dem eine karierte Katze zu sehen war. Sie war blau-grün-kariert mit zarten, schwarzen Streifen. Das Gemälde zeigte auch Caro, die hinter der Katze stand. Doch

Caro bewegte sich und die Katze bewegte sich auch. Nein, das war kein Gemälde. Es war noch immer ein Spiegel!
„Darf ich vorstellen“, kreischte Caro, „Klaus Zacharias, der erste Mensch-Kater!“
Katzen hören viel besser als Menschen, und schrille Töne klingen für empfindliche Katzenohren schrecklich. Ich presste beide Vorderpfoten auf die Ohren – und fiel um. Und ich hätte noch zwei Pfoten gebraucht, um mir die Augen zuzuhalten, denn ich war nackt – außer meinem Fell natürlich.
„Es ist vollbracht“, kreischte Caro weiter.“ Endlich habe ich gewagt, dass Kariert-Serum an einem Lebewesen zu testen. Es hat zwar nicht so gewirkt wie ich dachte, aber immerhin – DU BIST KARIERT! Aber leider ein Kater. Das war nicht geplant. Ich wollte es an euch beiden testen. Mensch und Tier. Doch der Kater war schlau und nicht so gefräßig. Wieso hast du dich nur kratzen lassen? Jetzt bist du Klaus Kariert!“
Ich starrte in den Spiegel. Was sollte ich tun? Loslaufen? Aber wohin? Die Tür war zu und die Fenster verriegelt. Sollte ich Caro anspringen? Aber ich wusste nicht, wie man mit vier Pfoten sprang. Ich konnte ja kaum laufen. Na, die verrückte Alte würde ein Donnerwetter zu hören bekommen, wenn meine Eltern wieder zu Hause waren. Mein Vater würde sie ZWINGEN, mich sofort zurückzuverwandeln und mir meine Jeans zu geben. Und mein Telefon.
Mir war gerade etwas eingefallen. Konnte ich überhaupt noch sprechen? Ich öffnete meinen Fellmund. Nur ein zartes ‚Miau‘ kam heraus. Verdammter Mist!
Caro schleppte mich in die Küche. „Die Verwandlung muss sehr anstrengend gewesen sein. Du musst bei Kräften bleiben.“

Ein Napf klapperte auf den Boden. Wasser? Wo war meine Cola? Und wie sollte ich ohne Strohhalm trinken?
„Du wirst einiges lernen müssen“, plapperte Caro, „fang‘ schon mal damit an: Katzen trinken mit der Zunge!“
Ja, stimmt. Aber das muss man doch erst lernen, oder? Und ich war keine echte, sondern eine verzauberte Katze. Ich streckte die Zunge ins Wasser und schlabberte los.
Ein paar Tropfen landeten in meinem Mund. Jetzt merkte ich, dass ich gewaltigen Durst hatte und schlabberte einiges weg. Und plötzlich war da so ein komisches Drücken in meinem Bauch. Nein, Hunger war es nicht. Hilfe, ich musste pinkeln. Zum Glück stand die Tür zum Badezimmer offen. Ohne zu überlegen sprang ich auf den Toilettensitz – und rutschte wieder ab. Gut, dann eben in die Badewanne, doch da kam Caro angestapft, packte mich im Genick und schleppte mich durch die Küche hinaus in den Garten.
„Wage es nicht, meine Toilette zu benutzen! Raus mit dir, du hast ja sicher schon mal gesehen wie eine Katze pinkelt. Aber halte dich von meinen Rosenstöcken fern. Und denk dran: wenn du fertig bist, alles verscharren!“
Ich hasste diese Caro-Line Mac Bleistein. Noch mehr als Olaf und seine Rüpel-Bande. Und was glaubt ihr wohl, wohin ich pinkelte? Klar, genau an die Rosenstöcke. Zumindest versuchte ich es … das musste ich noch üben. Ach ja, scharren musste ich ja auch noch. Nasse Erdkrümel flogen mir um die Ohren und winzige Steinchen blieben zwischen meinen Krallen hängen. Das war eklig und pikste, aber ich fühlte mich gleich besser.
Konnte ich nicht aus dem Garten fliehen? Ein riesiger Kastanienbaum stand mitten auf dem rot-grün-schwarz karierten Rasen! Wenn ich jetzt mein Telefon hätte … aber könnte ich mit den Pfoten überhaupt Fotos schießen?

Der Garten war von einer hohen Steinmauer eingezäunt, und darüber wölbte sich noch ein Stacheldrahtzaun. Da hätte ich schon klettern müssen wie eine Spinne. Wie kletterte man überhaupt mit vier Pfoten? Ihr müsst wissen: Ich war nie sehr sportlich. Noch dazu fing es an zu regnen. Also schnell zurück in die Küche. Neben dem Wassernapf stand ein gefüllter Teller.

Moment mal. Ich schnupperte misstrauisch. War das wieder so ein Zauberzeugs? Aber ich hatte so schrecklichen Hunger. Vorsichtig probierte ich einen Bissen von diesem Matschzeug auf dem Teller. Oh, das war lecker! Katzenfutter schmeckte genau wie Hamburger – sogar besser. Hungrig schlang ich alles hinunter. Ohne Besteck und Serviette, einfach Mund auf und los mampfen. Zufrieden wischte ich mir mit der Pfote die Barthaare sauber.

Caro saß am Küchentisch, strich sich Butter – nein, die war nicht kariert – auf eine Scheibe Toast und beobachtete mich.

„Wer hat dir nur diesen albernen Namen gegeben? Klaus! So heißt doch heutzutage kein Junge mehr. Nun, jetzt bist du Klaus Kariert. Ach was, ich werde dich KK nennen, das spart Zeit und klingt wie ein wissenschaftliches Experiment. Wenn ich also KK rufe, dann kommst du sofort her. Kapiert? Und denk daran, wenn du nicht tust, was ich sage, bleibt dein Teller leer!“

Ich, Klaus Zacharias, war jetzt KK! Ich biss vor Wut die Zähne zusammen. Autsch, das tat weh! An diese nadelspitzen Reißzähne musste ich mich noch gewöhnen. Warum schnappte ich mir nicht Caros Bein und biss kräftig hinein? Nein, es war besser, der verrückten Alten zu gehorchen. Nur solange bis meine Eltern zurück waren!

Kapitel 6

Der Gefangene

Am Abend sperrte mich Caro wieder in die Abstellkammer. Das Zimmer kam mir jetzt viel größer vor. Klar, ich war ja auch kleiner. Ich drehte mich auf der Matratze im Kreis, bis ich herausgefunden hatte, wie ich meine Pfoten zum Schlafen einklappen musste. Trotzdem schlief ich schlecht, denn ich hatte die ganze Nacht Angst, pinkeln zu müssen.

Am nächsten Morgen trug mich Caro bis zur ersten Stufe der steilen Treppe. Kopfüber begann ich den Abstieg. Stufe für Stufe. Auf der drittletzten Stufe blieb ich mit den Krallen hängen und fiel hinunter. Unten angekommen, sprang ich erstaunlich schnell wieder auf und sortierte meine vier Pfoten. Nix passiert! Abgerollt wie ein Stuntman! Jetzt schnell hinaus zu meiner Gartentoilette und gleich zu den Rosenbüschen!
Am zweiten Tag stolperte ich nicht mehr, und am dritten Tag sauste ich die Treppenstufen so schnell hinunter, wie ich es auf zwei Menschenbeinen niemals gekonnt hätte. Nach oben ging es sogar noch leichter: Auf vier Beinen konnte man viel besser das Gleichgewicht halten.

Ich musste keinen Tisch decken und kein Zimmer aufräumen. Wenn ich müde war, rollte ich mich einfach irgendwo zusammen. Den Cola-Geschmack vergaß ich bald, denn es gab viele leckere Sorten Katzenfutter: Hühnchen in Sahnesoße mochte ich am liebsten, oder Thunfisch. Ich brauchte keine Zähne zu putzen, durfte ohne Messer und Gabel essen, pinkelte einfach in den Garten und musste nicht duschen. Allerdings war diese Katzenwäsche mit der Zunge ganz schön anstrengend. Aber ich konnte mich mit der Hin-

terpfote am Ohr kratzen. Versucht das mal! Das hätte nicht einmal mein eingebildeter Sportlehrer gekonnt, der immer sagte ‚Klaus, du bist so beweglich wie ein Betonklotz'.
Überhaupt war ich jetzt sehr sportlich: Zuerst sprang ich an den Stamm des Kastanienbaumes und klammerte mich fest. Beim ersten Mal wusste ich nicht weiter und ließ einfach los! Ich plumpste zurück ins Gras, landete aber weich auf meinen Pfoten. Bald konnte ich meine Krallen fest genug in der Rinde einhaken und mich hochziehen. Als ich ganz oben in die Baumkrone geklettert war, sah ich, dass die Mauer, die um den Garten ging, zu weit vom Baum weg war. Also begann ich, laut zu miauen. Einmal sah ich von meinem Baum den dicken Kater aus Caros Küche auf der Straße sitzen. Er winkte mir und ich sage euch, er grinste richtig fies! Ja, Katzen können schadenfroh grinsen. Machen sie aber nur, wenn grad′ kein Mensch in der Nähe ist, der ihnen den Napf füllt.

Letzte Nacht entdeckte ich was Tolles: Ich blätterte in den Katzenbüchern, die in meiner Abstellkammer lagen und verstand jedes Wort! Ich konnte also noch immer lesen. Ja, sogar mit der Pfote umblättern, ohne die Seite zu zerreißen. So lernte ich viel über Katzen und ihr Leben. Warum sollte ich mir überhaupt Sorgen machen? Meine Eltern würden bald zurückkommen und dann würde meine Mutter dieser Mac Bleistein den Kopf abreißen und mein Vater die Polizei rufen. Und die würden Caro zwingen, mich zurückzuverwandeln!
Aber vorher musste ich Fotos von mir und dem ganzen karierten Zeug machen. Sicher käme ich ins Fernsehen. Ich wäre dann der coolste in der Klasse, und Olaf würde platzen vor Neid.

ABER ... wenn das alles so passiert wäre, hätte ihr von einem karierten Kater-Jungen im Fernsehen oder Internet gehört ... und, habt ihr?
NEIN – denn auch dieses Mal kam alles ganz anders als von mir geplant.

Kapitel 7
Kater im Keller

Es dauerte noch drei Tage, bis der klapprige, weiße Mercedes meiner Eltern um 15 Uhr auf den Parkplatz fuhr. Ich saß an Caros Küchenfenster. Jetzt war auch dort ein Gitter, damit ich nicht verschwinden konnte.
Endlich! Mams und Paps stiegen aus, nahmen sich an den Händen und küssten sich.
Ich kniff die Augen zusammen. So glücklich hatte ich die beiden noch nie gesehen. War das wegen der neuen Arbeitsstelle? Oder weil sie ohne mich verreist waren? Egal, jetzt waren sie wieder da, und auf jeden Fall hatte ich mir nach all dem Ärger ein neues, supertolles Telefon verdient. Mindestens!
Ich stellte mich auf die Hinterpfoten und klopfte mit der Pfote gegen das Fenster. Meine Eltern gingen mit ihren Koffern vorbei, ohne einen einzigen Blick auf Caros Haus zu werfen. Wieso läuteten sie nicht gleich, um mich mitzunehmen?
Jetzt blieben sie stehen, aber nur um – igitt – wieder zu knutschen. Egal, sicher wollten sie nur die Koffer schnell nach Hause bringen und dann sofort zurückkommen, um mich zu holen.

Es dauerte noch zwei Stunden, bis es an Caros Haustür läutete...
Ich sprintete geparden-mäßig zur Tür, aber Caro packte mich im Genick und pappte mir dickes Klebeband über den Mund. Dann schleppte sie mich zur Kellertür und warf mich die Treppe hinunter. Zum Glück war ich schon oft vom Baum gefallen und wusste, wie ich sicher auf meinen Pfoten landete. Natürlich versuchte ich sofort, das Klebe-

band abzureißen, aber es pappte wie festgewachsen über meinem Mund. Ich sauste nach oben und kratzte an der Kellertür. Obwohl Caro sehr leise sprach, konnte ich mit meinen Katzenohren alles hören.
„Es tut mir sehr leid, Herr und Frau Zacharias, aber Klaus ist gleich am ersten Tag weggelaufen. Es war ihm langweilig und er wolle nach Hause. Ach, wie ich ihn angefleht habe zu bleiben! Natürlich habe ich gedacht, dass der Hunger ihn hertreiben würde, aber ich habe ihn seitdem nicht gesehen. Hat er sie nicht angerufen? Ist er nicht bei Ihnen zu Hause?"
Ich hörte die Stimme meiner Mutter. Leise und zittrig vor Angst. Mein Katzenherz tat richtig weh, und ich hätte Caro gerne gebissen und gekratzt.
„Nein, wir haben nichts von ihm gehört, und zu Hause ist er nicht!"
Dann die Stimme meines Vaters, ruhig und tröstend.
„Mach dir keine Sorgen, Cordula. Wir wissen ja, wie er ist. Es tut uns sehr leid, Frau Bleistein, wegen der Mühe, die Sie sich gemacht haben. Wir hätten uns ja denken können, dass er wieder etwas ausheckt. Komm, lass uns gehen. Sicher will er uns nur ärgern und hat sich im Keller versteckt."
‚Stimmt genau', dachte ich, ‚hier, in diesem Keller'. Mit aller Kraft kratzte ich an der Tür, dass die Holzsplitter nur so flogen.
Meine Eltern fragten gleichzeitig „Was ist das für ein Geräusch? Haben Sie jemanden im Keller eingesperrt?"
„Nein, nein, das ist mein altes Fernsehgerät im Wohnzimmer", sagte Caro, „der Ton ist zu laut eingestellt, wissen Sie, in meinem Alter hört man nicht mehr gut!"
Dann fiel die Haustür ins Schloss. Meine Nackenhaare sträubten sich vor Entsetzen. Meine Eltern waren weg!

Gegangen. Nein, nein, ich musste keine Angst haben. Nur ein klein wenig länger warten. Wenn sie sahen, dass mein Zimmer noch immer aufgeräumt war, dass keine leeren Pommes- und Pizza-Schachteln im Wohnzimmer lagen und dass noch alle Colaflaschen im Kühlschrank verschlossen waren – dann würden sie bald zurückkommen. Und die Polizei mitbringen! Die würde alles hier drin untersuchen. Alles! Auch den Keller! Ja, vor allem den Keller, denn immerhin war Caro die letzte Person, die mich gesehen hatte. Aber was würden sie im Keller finden? Keinen Jungen, sondern einen karierten Kater. Alle würden denken, dass es wieder eine der Verrücktheiten der Bleistein ist, aber dann würden sie mir das Klebeband abnehmen und dann ... würde ich kläglich miauen wie alle Katzen.

Am nächsten Morgen läutete es wieder an Caros Tür. Ich sprintete los, doch Caro war schneller und wieder saß ich mit verklebter Schnauze im Keller. Sogar durch das Klebeband roch ich wie muffig-feucht es dort unten war. ‚Hier unten kann man nichts stehen lassen, alles fault und fällt auseinander', sagte Caro immer, wenn sie aus dem Keller kam.

Oben hörte ich Schritte: in der Küche, im Bad, im Wohnzimmer – die Schritte kamen näher bis zur Kellertür. Eine Männerstimme sagte leise. „Die spinnt doch, die Alte! Hast du die karierte Badewanne gesehen?" Und eine zweite Männerstimme antwortete. „Ich wäre auch abgehauen, wenn ich der Junge gewesen wäre!"

„Ach was, der Bengel will sich rächen, weil seine Eltern ihn bei der Alten gelassen haben und versteckt sich irgendwo. Dieser Klaus soll ja ein ziemlicher Rüpel sein. Der kommt schon wieder."

„Ja, aber seine Mutter kann einem leidtun! Weint sich die Augen aus wegen dem Kerl!"

Ich raste die Kellertreppe hoch, warf mich mit allen vier Pfoten gegen die Tür und knurrte und brummte was der Brustkorb hergab. Ein dicker Splitter brach aus dem Holz und ich konnte vier Polizistenbeine in Uniform sehen. Auch Caros Beine kamen jetzt in Sicht.
„Frau Mac Bleistein", fragte die erste Männerstimme, „was ist das für ein Lärm? Ist da jemand im Keller eingesperrt?"
Ich knurrte so laut ich konnte.
„Klingt wie eine Katze", murmelte einer der Polizisten, „Ich hasse Katzen!"
„Stimmt genau", antwortete Caro fröhlich, „das ist mein alter Kater. Ein sehr alter Kater. Ich hab ihn dort eingesperrt, bevor Sie kamen, denn er hat Flöhe. Grässliche Viecher! Menschenblut lieben sie besonders! Eine wahre Delikatesse! Ich habe dem armen Kater das Maul verklebt, damit er sich die Medizin nicht aus dem Fell schleckt."
Ich linste durch den Spalt. Caro kratzte sich ausgiebig am Hals und dann in den Kniekehlen. Der beiden Polizisten sahen sich an und kratzen sich ebenfalls.
„Sehr blutgierig, diese Katzenflöhe", Caro ging zur Kellertür, „aber Sie dürfen ruhig ein paar davon mit nach Hause nehmen. Jetzt gehen Sie besser ein paar Schritte zurück, damit ich ihn packen kann. Er hat unglaublich scharfe Krallen. Ach, habe ich schon erwähnt, dass er Männer hasst?"
Ich sah den Kellerschlüssel in Caros Hand. Na endlich.
„Nein, lassen Sie das arme Tier zufrieden! Es hat ja nichts mit einem verschwundenen Jungen zu tun, oder was meinst du?" Der zweite Polizist schüttelte den Kopf und kratzte sich am Ohr, dann entfernten sich die Schritte eilig. Ich hörte Caro rufen.
„Hoffentlich finden Sie den Jungen bald. Die armen Eltern!" Dann war alles still.

Ich stand da wie versteinert. Genau wie die Mauern des Kellers – und genauso kalt war mir auch. Heute würde mich niemand mehr befreien.

Kapitel 8

Abschied

Ich kauerte auf der Fensterbank in Caros Küche, als meine Mutter vorbeikam. Ihre Augen waren rot vom Weinen. Mit beiden Vorderpfoten trommelte ich gegen die Scheibe. Sie blieb stehen und sah mich an. Aber sie sah nur einen blau-grün-karierten Kater und schüttelte den Kopf, was wohl heißen sollte: ‚Jetzt ist die verrückte Bleistein vollkommen übergeschnappt'. Schon wurde ich vom Fenster weggerissen.
„Mach' dir keine Hoffnung, Flohpelz", kicherte Caro hämisch, „sie hat sicher gedacht, jetzt ist die verrückte Bleistein vollkommen übergeschnappt!"
Stimmt ja auch, dachte ich, und verzog mich in den Garten, um an die Rosenbüsche zu pinkeln. Das konnte ich jetzt schon richtig gut.

Für alle, die immer alles genau wissen wollen:
Was jetzt kommt, hatte ich zwar nicht hören können. Meine Eltern haben es mir später erzählt. Um die Geschichte weiter zu verstehen, müsste ihr es jetzt schon wissen.

Roland und Cordula saßen an diesem Abend in der Küche vor ihrem Abendbrot, und wie immer stand ein dritter Teller auf meinem Platz. Beide achteten nicht darauf, was sie aßen. Appetit hatten sie längst keinen mehr, und sie tranken, weil man trinken muss, um nicht zu verdursten, und sie aßen, weil man essen muss, um nicht zu verhungern.
Stumm saßen sie da. Zu Anfang hatten sie noch jeden Abend bis tief in die Nacht überlegt, was sie tun könnten, um mich zu finden, aber jetzt sprachen sie kaum ein Wort miteinander. Doch an diesem Abend legte meine Mutter

plötzlich die Gabel weg und stand auf, als wolle sie eine Rede halten.
„Roland, ich habe heute eine karierte Katze gesehen. Sie saß am Küchenfenster der Mac Bleistein. Die Katze hat mir zugewinkt und ihre Augen … das waren Klaus' Augen. Genauso hat er mich immer angesehen!"
Mein Vater stand ebenfalls auf, legte den Arm um meine Mutter und führte sie ins Wohnzimmer. Dort saß er neben ihr und weinte mit ihr zusammen, so wie sie es jeden Abend und jeden Morgen taten, seitdem ich verschwunden war. Doch an diesem Abend beschloss mein Vater, dass er gleich am nächsten Morgen diesen neuen Chef anrufen würde, um ihm zu sagen, dass er bei ihm arbeiten wollte. Und Cordula würde er für eine Woche zu ihren Eltern bringen ... weg von hier.

Kapitel 9
Im Labor

„Ich habe Neuigkeiten", Caro knallte meinen Futternapf auf den Boden, „ich habe gehört, dass dein Vater deine Mutter von hier wegbringt. Sie sieht auch schlecht aus. Immer nur rotgeweinte Augen. Alles wegen dir! Ja, sie ziehen weg! Sie wollen nicht mehr an dich erinnert werden. Vielleicht hat sie dich ja absichtlich bei mir abgeliefert. Hat wohl gehofft, dass ich dir Manieren beibringe. Na ja, das habe ich ja auch. Für eine Katze benimmst du dich recht ordentlich!"

Meine Eltern gingen weg? Wohin denn? Sicher dorthin, wo dieser neue Chef wohnte. Wie konnten sie mich nur hier alleine lassen ... aber sie wussten ja nicht, dass ich ganz in der Nähe war. Oder stimmte, was Caro sagte und sie waren froh, dass ich verschwunden war? Meine Mutter musste nicht mehr ständig hinter mir her putzen und sich keine Beschwerden über das Mittagessen anhören. Doch Caro sollte nicht sehen, wie traurig ich war.

Ich sauste hinaus in den Garten, um nachdenken. Wann hatte ich das zuletzt gemacht? Olaf hatte mir gesagt, was ich denken sollte. Und ich Idiot hatte mir das gefallen lassen.

„KK", sagte ich feierlich zu mir selbst, „mit Wut im Bauch kann man nicht denken!" Aber das war keine Wut in meinem Bauch. Eher so ein Grummeln. Ich hatte kurz an den Grashalmen genagt und jetzt ... was für ein fürchterliches Gefühl. Dann begann ich zu würgen und spuckte ein kleines, grün-graues Bündel ins Gras. Pfui Spinne, was war das denn? Ach ja, darüber hatte ich gelesen: Katzen nagen Grashalme, damit sie die abgeschleckten Haare wieder ausspucken können. Voll eklig, aber das Grummeln im Bauch

war weg und ich konnte wieder denken. Ich brauchte einen Plan und den musste ich mir aufschreiben. Aber wie sollte das gehen ohne Computer oder Telefon? Lesen konnte ich, aber schreiben? Da fiel mir ein, dass in meiner Abstellkammer ein Schreibtisch stand. Ich lief nach oben und fuschelte solange mit der Pfote, bis die Schublade offen war. Hurra, darin lagen ein Block und ein dicker Bleistift.
Ich versuchte, den Stift mit der Pfote zu umklammern. Doch er rutschte weg, bis ich auf die Idee kam, mit meinen Reißzähnen rechts und links Löcher ins Holz zu beißen. Darin hängte ich die Krallen ein. Dann schrieb ich ‚Klaus' auf ein Stück Papier. Es war kaum zu lesen, also übte und übte ich, bis ich meinen Namen schreiben konnte. Ich freute sich schon auf das Gesicht meines Vaters, wenn ich mit der Tatze ganz cool auf einen Zettel schreiben würde ‚Hallo, Paps, was macht der neue Job?'
‚Ich bin eine Super-Katze! Ich bin Cat-Man', dachte ich stolz. Quatsch, ich hatte keine Superkräfte. Aber meinen Plan konnte ich aufschreiben.
Nr. 1: mein Telefon finden und Caros kariertes Zeugs knipsen
Nr. 2: wieder ein Junge werden
Nr. 3: abhauen und zur Polizei gehen. Die wissen sicher, wo meine Eltern sind.

Zu dumm, dass ich nie richtig zugehört hatte. Den Namen der Stadt, wo dieser neue Chef wohnte, fiel mir nicht ein. Überhaupt war Nr. 2 viel wichtiger. Caro hatte mich mit diesem blau-grün-rot-gelb-schwarzen Tropfenzeugs verwandelt. Das mixte sie sicher oben im Labor. Vielleicht gab es dort so was wie ein Gegenmittel. Ja, zu jedem Zaubertrank gibt es ein Gegenmittel.

Als Caro am nächsten Morgen hinauf ins Labor ging, schlich ich hinterher. Als Katze kann man total lautlos schleichen. Doch als ich oben ankam, war Caro nicht mehr zu sehen. Auch keine Tür. Was jetzt? Ich starrte die Tapete an. Sie war rot-gelb-schwarz kariert. Ich starrte solange, bis mir schwindlig wurde. Und plötzlich hörte ich mit meinem Catman-Super-Gehör Caro schimpfen. Vor mir musste die Tür sein: sie war einfach mit der karierten Tapete überklebt! Aber wo war der Türgriff? Jetzt, wo ich von der geheimen Tür wusste, musste ich beim nächsten Mal einfach nur schneller sein. Später kam Caro nach unten, um den Katzennapf zu füllen. Sie selbst verschlang nur ein Butterbrot und gerade als ich gemütlich beim Schmausen war, packte sie mich und schnitt mir blitzschnell ein Stück Fell ab. Ich fauchte wütend, wollte in den Garten flüchten, doch dann sauste ich Caro hinterher, die wieder ins Labor ging. Dieses Mal war ich schnell genug und schlüpfte hinterher. Drinnen kroch ich wie ein Schatten an der Wand entlang und spitzte die Ohren.

„Der Nicht-Mehr-Kariert-Saft ist fertig“, murmelte Caro, „und mit dem Fell kann ich neuen Kariert-Saft brauen und an mir testen.“

Caro hatte schon ein Gegenmittel? Das musste ich unbedingt haben!

Sie ging zu einem hohen Tisch. Die Tischplatte glänzte silbern, und hinter ihr standen dünne, breite und hohe Flaschen. Rechts von ihr war ein winziger Herd und darauf standen zwei Töpfe, in denen es dampfte und blubberte.

In einem Ständer hingen zwei lange Glasröhrchen. Eines davon war gefüllt mit einer Flüssigkeit, die grün-blau-schwarz-gelb-rot schimmerte, die andere war klar wie Wasser.

Caro ließ Haare von meinem Katzenfell in eines der Glasröhrchen rieseln.
„Hier haben wir eine frische Ladung Kariert-Saft und hier das Gegenmittel. Ich werde zuerst vom Kariert-Saft trinken und sehen was passiert. Das Gegenmittel muss ich bereithalten, um mich zurück zu verwandeln!“
Ich spitzte die Ohren. Da stand das Gegenmittel und wartete auf mich. Ich musste es haben! Sofort! Ob das Zeug wirkte oder nicht, war mir egal. Hauptsache, ich wurde wieder ein Junge.
Caro nahm das Röhrchen mit dem Kariert-Trank in die rechte Hand und das Röhrchen mit dem Nicht-mehr-kariert-Trank in die linke. Jetzt! Ich spannte die Hinterbeine und sprang hoch auf den Tisch.
Caro kreischte und versuchte mich zu packen, doch ich duckte mich und griff mit beiden Pfoten nach dem Glas mit dem wasserklaren Gegenmittel.
Caro stürzte sich auf mich und riss mich mit den Röhrchen zu Boden. Das Glas zerbarst und die beiden Flüssigkeiten liefen ineinander.
„Elender Mistkater“, kreischte Caro, „mein Experiment! Jetzt ist alles hin!“ Sie kniete am Boden und versuchte mit den Händen die wasserklare Flüssigkeit von der grün-blau-schwarz-gelb-roten zu trennen – zwecklos. Dann beugte sie den Kopf und leckte alles auf.
Igitt, das war voll eklig! Doch die verrücke Mac Bleistein kroch den Boden entlang und schlabberte mit der Zunge alles auf. Wer war denn jetzt schlecht erzogen?
Ich wollte von der Mixtur nichts trinken und auch nichts an mein Fell lassen. Ich kroch zur Labortür und drehte mich noch einmal um. Caro hatte sich mühsam aufgesetzt und wischte sich über den Mund. Ihre Hand schimmerte grün-blau-schwarz-gelb-rot kariert.

„Du Unglückskater", kreischte sie mir hinterher, als ich turbomäßig die Treppe hinunter in den Garten sauste. An diesem Abend blieb Caro in ihrem Labor und mein Magen leer. Sicher würde sie mich jetzt aus Rache hungern lassen.

Am nächsten Morgen kam ein köstlicher Duft aus der Küche. Caro stand am Herd und briet Speck. Mein Katzennapf war schon gefüllt.
„Ah, da ist ja mein liebes Katerchen", säuselte Caro. Misstrauisch wich ich zurück.
„Keine Sorge, du kannst ruhig futtern. Ich bin dir nicht böse!" Caro kicherte und packte eine knusprige Scheibe Speck oben auf mein Futter. Ihre rechte Hand war rot-grün kariert.
„Diese Kariert-und-Nicht-mehr-kariert-Mischung ist sehr verwunderlich. Das habe ich alles nur dir zu verdanken", plauderte sie fröhlich, „bin sehr gespannt wie es weitergeht. Jedenfalls fühle ich mich ausgezeichnet!"
Sie knallte ihren Teller auf den Küchentisch, plumpste auf ihren Stuhl und schaufelte sich Speck und Eier in den Mund. Ohne Besteck – nur mit den Händen. Ich sah ihr eine Weile zu, dann kroch ich zu meinem Napf. Während ich kaute, betrachtete ich Caros linkes Bein. Es war gelb-schwarz-kariert. Ihr rechtes dagegen weiß und blass wie immer.
Viel zu schnell war der Napf leer und ich sprang auf den Stuhl neben Caro. Schade, sie hatte alles bis zum letzten Krümel verschlungen. Als sie den Kopf hob und sich den Mund abwischte, sah ich, dass ihre rechte Hand jetzt wieder blass aussah. Stattdessen war ihre Nasenspitze rot-grün kariert. Caro sah es auch. Sie schielte, tippte mit dem Finger dagegen und kicherte. Dann sprang sie auf und saus-

te die Treppe hinauf ins Labor. Ein Gegenmittel für mich würde es wohl so schnell nicht geben.

Ich nutzte die Zeit, um klettern zu üben, wetzte meine Krallen am Baum, versuchte mich hinterm Ohr zu kratzen ohne umzufallen und putze mich jeden Tag ausgiebig. Die ersten Tage war es mir ziemlich eklig vorgekommen. Aber es fühlte sich gut an, wenn nach dem Putzen der Wind durch das sauber geleckte Fell strich. Ich wälzte mich im Gras und schnarchte stundenlang.

Wenn es für Caro ein erfolgreicher Tag im Labor war, lag abends in meinem Napf ein Stück gebratenes Huhn. Das war lecker! Caro schmatzte jetzt so laut wie ich und ich sah, dass ihre Beine kariert waren. Ihre Nasenspitze war wieder weiß, stattdessen ihre Ohren grün-schwarz kariert und sie hatte karierte Flecken auf den Wangen.
Eines Abends, nachdem sie ausgiebig gerülpst hatte, ging sie zum Spiegel im Flur.
„Nein, so kann ich nicht mehr aus dem Haus gehen“, sagte sie zu ihrem Spiegelbild, „alle würden es sehen und ER würde es erfahren. Sicher hat ER schon irgendwo einen Spion sitzen. Nein, nein, ER darf niemals an die Formel kommen!“
Katzen sollen ja angeblich spüren, wenn Unheimliches passierte. Und ich spürte etwas. Meine Nackenhaare sträubten sich. Wer war ER?

Kapitel 10
Frau Melzig

Durch das Küchenfenster sah ich, wie im Haus gegenüber eine neue Nachbarin einzog. Sie war klein und dick. Ihre Haare leuchteten blau-lila und passten überhaupt nicht zu ihrer knallroten Brille. Sie lächelte immer und grüßte alle Nachbarn. An Caros Haus ging sie besonders langsam vorbei.

Eines Morgens tauchte der blau-lila Haarschopf vorm Küchenfenster auf, gerade als Caro hinaus zur Mülltonne huschte. Normalerweise sah Caro zuerst nach links und rechts, um zu sehen, dass sie alleine war. Doch diese Frau tauchte so plötzlich auf, als wäre sie vorher unsichtbar gewesen.

„Hallo, ich bin Frau Melzig. Die neue Nachbarin." Sie lächelte honigsüß, doch Caro knallte sofort die Haustür zu. Die neue Nachbarin lächelte nicht mehr, sondern raufte sich wütend das blau-lila Haar und meine Nackenhaare sträubten sich wieder. Mit dieser Frau Melzig war etwas faul.

Jeden Tag saß ich am Fenster. Sobald diese Frau Melzig kam, hüpfte ich auf die Fensterbank und streckte ihr die Zunge heraus. Sie kritzelte etwas in ein kleines Notizbuch und fotografierte mich sogar. Vielleicht zeigte sie das Foto jemandem, der endlich alles verdächtig fand und kam, um mich zu befreien. Doch es kam niemand.

Frau Melzig spazierte immer dann vorbei, wenn der Postbote versuchte, etwas in Caros Briefkasten zu werfen – und wie immer heulte die Alarmanlage los. Frau Melzig flüsterte mit dem Postboten und später läutete es an der Tür ohne dass die Alarmanlage losging.

Caro öffnete die Tür einen winzigen Spalt.

„Guten Morgen“, säuselte Frau Melzig, „der arme Postbote hat so schreckliche Angst vor Ihrer Alarmanlage. Ich hab’ ihm versprochen, dass ich Ihnen die Post bringe!“
Wütend riss Caro Frau Melzig die Post aus der Hand, beschimpfte den Postboten und dann Frau Melzig. Doch Frau Melzig war nicht beleidigt, sondern brachte jetzt täglich die Post, und nicht ein einziges Mal heulte die Alarmanlage.
Caro verließ jetzt ihr Labor, nur um rasch etwas zu essen. Eines Morgens war der Kühlschrank leer und die letzte Dose Katzenfutter aufgebraucht. „Einkaufen“, murmelte Caro, „ich muss einkaufen, aber ich kann nicht nach draußen ... ER wird mich suchen ... ich war nicht vorsichtig genug ...!“
Als Frau Melzig wieder läutete, öffnete Caro die Tür, drückte ihr einen Zettel und Geld in die Hand und knallte die Tür wieder zu.
Eine Stunde später läutete es ein zweites Mal. Caro riss Frau Melzig die gefüllte Einkaufstasche aus den Händen und knallte die Tür wieder zu. Der Kühlschrank und mein Napf waren wieder voll.

Für alle, die immer alles genau wissen wollen:
Ich hätte nach draußen laufen und Frau Melzig um Hilfe bitten können. Aber meine Katzennase sagte mir, dass an Frau Melzig etwas oberfaul war.

Eine Woche später war Caro von der Stirn bis zu den Fußsohlen kariert. Aber das tolle war, dass sich die Farben veränderten. Wenn sie fröhlich war, dann war sie rot und grün kariert. Wenn sie sich aufregte, schwarz-gelb und nachts, wenn ich in ihr Schlafzimmer schlich, war sie blau-grün-kariert wie ich.

Frau Melzig konnte so viel läuten wie sie wollte, die Tür blieb zu und mein Napf leer.
Caro sang jetzt wilde Lieder in einer seltsamen Sprache oder stand vor diesem Gemälde von Angus. Wenn sie merkte, dass ich neben ihr saß, murmelte sie ‚wenn dich einer retten kann, dann Angus. Ich bin verloren, und wenn ER mich findet, bist auch du verloren!‘ Ich hatte noch immer keine Ahnung, wer dieser ER war, aber er machte mir jetzt schon Angst.

Eines Nachts kam ein schaurig-kreischendes Geräusch aus Caros Schlafzimmer. Sie marschierte im karierten Nachthemd auf ihrem Bett herum und blies in ein seltsames Ding. Ich glaube, in der Schule hatten wir darüber gesprochen, aber wegen Olaf hatte ich ja nicht aufgepasst. Dieses Ding schien ein Musikinstrument zu sein, mit vielen Pfeifen und einer karierten Tasche.
Als Caro mich sah, kreischte sie. „Geh’ nach Schottland! Geh’ zu Angus!“
Plötzlich packte sie mich und legte mir ein Halsband um. Ich hustete und würgte und versuchte, mit der Pfote das Band abzustreifen. Aber es saß fest. Ich lief zum Spiegel. Ja, es war ein Halsband, und daran baumelte ein winziger, silberner Schlüssel.
Caro blies weiter, bis sie müde wurde. Dann plumpste sie kichernd in ihre karierte Bettwäsche und schnarchte.
So ging es jede Nacht. Caro trötete immer lauter, wanderte mit diesem Ding unter dem Arm im ganzen Haus herum. Inzwischen gefiel mir die Musik immer besser. Katzen sind ja Nachttiere – und jetzt war jede Nacht Party! Ich tanzte, sang und hüpfte hinter Caro her, miaute so laut ich konnte. Je lauter desto besser! Die Nachbarn würden sicher bald genug von dem Lärm haben und … JA: die Polizei holen!

Das war mein Plan! Und wenn sie das Türschloss aufbrachen, würde ich NICHT im Keller sitzen!
Doch nichts passierte, außer, dass am Nachmittag Frau Melzigs blau-lila Haare am Küchenfenster auftauchten. „Hallo Frau Mac Bleistein“, sie klickerte mit den Fingernägeln gegen das Glas.
‚Da kannst du lange rufen‘, dachte ich, ‚die ist vollkommen ‚gaga‘ und hört nichts.‘
Aber ich hörte, dass jemand im Schloss der Eingangstür stocherte. Es klickte, und plötzlich stand Frau Melzig im Flur. Wie hatte sie das nur geschafft? Ob sie mir den Futternapf füllen würde? Ich war so hungrig, dass ich miauend auf sie zu lief. Frau Melzig blieb der Mund offen stehen.
„Sieh mal einer an, du bist ja gar kein Stofftier! Oder hast du eine Batterie im Bauch?“
Sie beugte sich über mich und kraulte meinen Nacken. Das ist normalerweise für Katzen sehr angenehm, aber in dieser Sekunde wusste ich, dass Frau Melzig kein Katzenfreund war. Sie befühlte meinen Nacken, als wolle sie testen, ob ich genug Speck angesetzt hatte.
„Nein, keine Batterie. Sie hat es also wirklich getan, die verrückte Alte! Sie hat die Tropfen an einer Katze getestet!“
Ich legte die Ohren an. Wieso wusste Frau Melzig von dem Kariert-Saft? Ich schlich ihr in die Küche hinterher, wo sie mit honigsüßer Stimme ‚Juhu, Frau Mac Bleistein‘ rief, dann folgte ich ihr die Treppe hinauf.
Caro lag auf ihrer karierten Bettdecke und schnaufte wie ein gestrandeter Wal. Ein karierter Wal. Plötzlich stand sie auf, packte das seltsame Instrument und blies in die Pfeife. Frau Melzig presste sich die Hände auf die Ohren. „Ein Dudelsack! Deshalb die schrecklichen Geräusche der letzten Nächte.“ Sie riss Caro das Musikdings weg und starrte

Caros Beine an. Das karierte Muster wechselte gerade von rot-grün nach schwarz-gelb.
„Das glaubt er mir niemals!“ Frau Melzig zog ihr Telefon aus der Tasche. „Hallo? Ja, ich bin’s. Die alte Mac Bleistein ist total übergeschnappt.“ Sie richtete ihr Telefon auf Caro, dann auf mich. Ich verschwand eilig unterm Bett, doch meine Schwanzspitze hatte sie sicher noch erwischt.
„Ja, der Kater ist lebendig! Ja, ja, ich suche danach!“
Frau Melzig sprach jetzt mit ihrer richtigen Stimme. Nicht mehr honigsüß. Ihr Mund war nur noch ein schmaler Strich und ihre Stimme klang eisig-kalt.
Sie riss alle Schubladen an Caros Nachtisch auf, durchwühlte den Kleiderschrank, aber sie schien nicht zu finden, wonach sie suchte.
„Komm kleiner Kater, komm zu Frauchen“, lockte sie mich. Ha, ha, so dumm war ich nicht und sauste die Treppe hinunter in die Küche. Unter dem Vorratsschrank fehlte ein Brett, dahinter verkroch ich mich, bis ich hörte wie die Haustür zu fiel.
Am nächsten Morgen kam sie zurück. Ich beobachtete sie durch den Spalt in der Küchentür. Drei Nachbarn standen neugierig hinter ihr.
„Wir müssen einen Arzt holen. Der muss sie in ein Krankenhaus bringen. Dieser Lärm ist nicht zum Aushalten!“
Sie versuchten, an Frau Melzig vorbei ins Haus zu kommen. Neugierige Bande, dachte ich, die wollen nur sehen, was hier alles kariert ist.
Frau Melzig säuselte wieder mit ihrer honigsüßen Stimme. „Keine Sorge, ich kümmere mich um alles.“ Sie schlug die Tür zu, telefonierte, jammerte und weinte dabei. „Kommen Sie schnell! In die Ulkweiler Straße 7!“
Ich schlich ihr hinterher, denn ich war so hungrig, dass meine Pfoten zitterten. Sie musste doch wissen, dass eine

Katze etwas zum Futtern brauchte. Doch sie stieg schnaufend die Treppe hoch. Mir war klar, dass sie nach dem Labor suchte. Ich freute mich diebisch, als sie die karierte Tapetentür anstarrte und den Kopf schüttelte. Schnell strich ich ihr um die Beine, miaute so herzzerreißend, wie ich es in den Büchern gelesen hatte, doch sie trat so heftig nach mir, dass ich die Treppe hinunter kullerte. „Verzieh dich, blödes Vieh!“
So eine Unverschämtheit! Ich floh zurück in die Küche, und Frau Melzig folgte mir. Doch statt meinen Napf zu füllen, riss sie auch hier alle Schranktüren auf, und endlich hörte ich ein wunderbares Geräusch. Der Karton mit dem Trockenfutter war herausgefallen! Die knurpslig-knusprigen Stücke rollten über den Küchenboden gerade als es an der Tür läutete. Frau Melzig stampfte davon, um zu öffnen. Rasch verschlang ich knackend und schmatzend ein paar Bröckchen, dann schlich ich den Flur und versteckte mich hinter dem Schirmständer.
Es waren drei Männer vom Rettungsdienst in rot-weißen Anzügen. Sie schnallten Caro auf einer Liege fest und trugen sie die Treppe hinunter. Frau Melzig trippelte hinterher und jammerte. „Die arme, alte Frau, wer hätte das gedacht! Sie war wohl zu viel alleine.“
Sollte ich jetzt … mir klopfte das Herz. Ich spannte die Hinterpfoten. Jetzt! Jetzt musste ich springen, mitten auf diese Liege, und miauen und kreischen ... aber sicher würden sie mich nicht mit ins Krankenhaus lassen, damit ihnen Caro sagen konnte, wer ich war. Ich würde im Tierheim landen und niemand würde mir Stift und Papier bringen. Oder mir sein Telefon leihen, um eine Nachricht zu tippen. Doch Catman hatte zu lange überlegt! Frau Melzig packte mich im Nacken und sperrte mich ins Badezimmer. Als die Haustür ins Schloss fiel, hörte ich sie wieder telefonieren.

„Ich habe nichts gefunden. Nein, kein Labor. Nur der Kater ist noch da. Ja, mit ihm können Sie Ihre Experimente machen. Da hängt auch ein Schlüssel an seinem Halsband ... vielleicht hat sie die Formeln irgendwo eingeschlossen. Nein, hier ist kein Tresor. Ja, den Kater können Sie morgen früh abholen!“
Abholen? Und mit mir Experimente machen? Als sie die Badezimmertür öffnete, sauste ich blitzschnell zwischen ihren Beinen hindurch in die Küche zu meinem Versteck, knurrte, als sie mir folgte. Aber – ihr werdet es nicht glauben – die Melzig füllte meinen Napf! Mit meinem Lieblingsfutter: Hühnchen in Sahnesoße. Der Duft schwebte bis zu meinem Versteck und kitzelte mir die Nase. Doch ich rührte mich keinen Millimeter ... bis ich hörte, wie die Haustür ins Schloss fiel.

Für alle, die immer alles genau wissen wollen:
Frau Melzig tat nur so, als ginge sie nach Hause. Sie knallte mit der Tür, stapfte lautstark davon, schlich dann auf Zehenspitzen zurück. Ja, sie konnte schleichen wie eine Katze ... gerade als ich es nicht mehr aushielt und mit wild zuckender Nase zum Napf sauste.

Drei! Nur drei winzige Bröckchen konnte ich verschlingen, als sie mich im Genick packte und zu Boden drückte. Ich sah den alten Katzenkorb aus dem Keller in ihrer Hand und kämpfte wie ein Tiger. Aber der Küchenboden war aus Stein. Meine Krallen rutschten und fanden keinen Halt. Frau Melzig drückte und schob, und schon saß ich in dem alten, muffigen Korb. Sie lachte schadenfroh, bis ich wild loskreischte. Ich wusste gar nicht, dass ich solche Töne machen konnte. Glaubt mir, das sind Geräusche, die kein Mensch lange aushält. Wütend versetzte Frau Melzig dem

Korb einen Tritt und ich verstummte, denn plötzlich spürte ich etwas, was ich noch nie gespürt hatte: Schwarze, kalte Angst kroch unter meinem Zorn hervor. So große Angst hatte ich noch nicht einmal vor Olaf gehabt.

„Gib Ruhe“, Frau Melzig kniete vor dem Korb und funkelte mich böse an. „Morgen früh wirst du abgeholt, blöder Kater. Vielleicht hast du ja Glück und er zieht dir nicht gleich das ganze karierte Fell ab. Aber er muss sich beeilen, sonst ist er bald verschwunden. Die spinnen doch alle, diese Wissenschaftler. Oh, ich hasse Katzen und dich besonders, du kariertes Mistvieh!“ Kurz darauf fiel die Haustür wieder zu, und dieses Mal war Frau Melzig wirklich fort.

Als der Mond durch das Küchenfenster schien, war es in der Küche so still, dass die Uhr über dem Herd lauter tickte als mein Herz klopfte. Ich musste plötzlich an meine Eltern Cordula und Roland denken. Ob sie jetzt in ihrem neuen Zuhause beim Abendbrot saßen und an mich dachten? Oder hatten sie mich schon vergessen?

Ich rümpfte die Nase. Ausgerechnet in den alten, stinkenden, verfaulten Weidenkorb musste sie mich sperren! Erschöpft schmiegte ich den Kopf auf meine Pfoten und versuchte zu schlafen. Besser, ich war ausgeruht, wenn dieser ER kam. Aber der muffige Gestank war eklig. Plötzlich fiel mir ein, was Caro über den Keller gesagt hatte. ‚Hier unten kann man nichts stehen lassen. Alles fault und fällt auseinander.‘ Fällt auseinander. Fällt auseinander ... !

Ich fuhr alle Krallen aus, riss und zerrte am Boden des Korbes, verbiss mich in die feuchten und schimmligen Weidenstäbe und tobte meine ganze Wut und Angst daran aus.

Kapitel 11

Flucht

Ich wachte auf, als ich Frau Melzigs kleine Füße trippeln hörte. Unbekannte, schwere Schritte folgten ihr und ich hörte die Stimme eines Mannes. Sie klang wie ein Blecheimer, der einen steinernen Weg hinunter scheppert. „Wo ist der Kater? Ich will ihn sehen. Sofort!“

Frau Melzig kam in die Küche und hob meinen Katzenkorb auf den Tisch. Ich sah auf der Küchenuhr, dass es 4 Uhr morgens war, als sich ein Mann davor stellte. Er war groß und sehr dünn. Langes schwarzes Haar fiel bis ihm über die Augen. Seine bratpfannengroßen Hände waren innen rot-schwarz kariert. Er beugte den Kopf und starrte mich an. In seinen Augen blitzen rot-karierte Pupillen. Dann zuckte die Hakennase und er nieste. Dreimal hintereinander.

„Diese verfluchte Caro! Hatschi! Natürlich muss sie mit einer Katze experimentieren! Aus purer Bosheit, weil sie weiß, dass ich allergisch bin. Los, raus hier! Ich muss an die Luft!“

Mein Korb wurde hochgehoben und der Küchenboden unter mir schwankte hin und her. Jetzt! Mit aller Kraft riss ich am Boden des Katzenkorbes.

Der düstere Fremde war schon draußen auf der Straße. Frau Melzig trippelte mit mir hinterher. Ich warf mich im Korb herum, presste mich gegen den Boden und endlich riss der Boden und klappte nach unten weg. Mein Hinterteil hing schon draußen – für einen Moment krallte ich mich noch fest, dann ließ ich los und landete auf dem Kiesweg.

Der düstere Fremde kreischte wütend auf, seine bratpfannengroßen Hände schossen vor, um mich am Schwanz zu packen. Unverschämtheit! Ich sauste los, zwischen Frau

Melzigs Beinen hindurch. Wohin jetzt? Der düstere Fremde kreischte „Bleib stehen, blödes Katzenvieh!"
Ha, wer war denn hier blöd? Ich lief weiter, dicht entlang an Hauswänden und Gartenzäunen. Auf vier Pfoten ist man super-schnell.
Zwischen den Häusern gab es viele Büsche, hinter denen ich mich kurz versteckte, um Luft zu holen. Neben mir auf der Straße sausten Autos mit grell-gelben Scheinwerfern entlang. Als Katze kamen sie mir riesig und rasend schnell vor. Für mich würden die nicht bremsen. Also lief ich weiter und weiter, bis zu einem dichten Lorbeerbusch. Ich kroch hinein und wartete. Mein Atem brannte wie Feuer, aber als sich mich umsah war niemand hinter mir her.
Ich schlich zum Straßenrand. Keine Scheinwerfer in Sicht. Fast auf dem Bauch kroch ich zur anderen Straßenseite.
Das hier war nicht mehr die Ulkweiler Straße. Ich musste zurück und den Nachbarn sagen, dass ich Klaus war. Sie wussten bestimmt, wo meine Eltern wohnten. Aber wie sollte ich ihnen erklären, dass ich Stift und Papier brauchte? Sicher würden sie loskreischen, die Polizei holen und ich würde in einem Labor landen, wo jemand mit meinem karierten Fell experimentieren wollte.
Im Mondlicht las ich das Straßenschild. Domgasse 14. Ich kannte dieses Haus. Ja, hier wohnte ... Lily. Ihr Zimmer war im Erdgeschoss, und das Fenster stand offen. Ich spannte die Hinterläufe und sprang aufs Fensterbrett.
Lily lag im Bett und schlief. Die blonden Haare wie ein Fluss auf dem Kopfkissen. Ein Fluss aus Gold! Sie sah aus wie dieses Dornröschen im 95-jährigen Schlaf.
Plötzlich war da so ein leises Geräusch. Ein tolles Geräusch. Es war so beruhigend, dass ich fast im Sitzen einschlief. Diese Geräusch kam von mir: Ich schnurrte. Darüber hatte ich gelesen, aber bisher hatte ich ja keinen Grund

zu schnurren, denn ich war getreten, verfolgt, beschimpft und gejagt worden.
Ich krabbelte näher zu Lily. Wenn ich sie jetzt küssen würde, wäre ich dann erlöst? Oder würde sich Lily auch in eine karierte Katze verwandeln? Ich wäre dann nicht mehr alleine, aber nein, im Froschkönig-Märchen küsste die Prinzessin den Frosch und nicht umgekehrt.
Plötzlich sah ich den zerknüllten Zettel auf Lilys Nachttisch. Das war ... MEINE Handschrift. MEIN Gedicht! Dieser verflixte Olaf! Er hatte ihr mein Gedicht gegeben! Ja, darunter stand: ‚von deinem Olaf'. Er war sogar zu faul gewesen, es noch mal abzuschreiben. Ich kroch näher und angelte mit der Pfote einen Bleistift aus der Schublade von Lilys Nachtschränkchen, strich Olafs Namen durch und schrieb ‚Klaus' daneben.
Lily wälzte sich unruhig hin und her. Schnell sprang ich auf das Fensterbrett und wieder wieder zurück auf die Straße. Ich hörte noch wie Lily flüsterte.
„Ich hab's gewusst! So etwas kann nur Klaus schreiben. Aber wie ist er hier reingekommen? Oh, wenn er fliegen kann, dann ist er jetzt ein Engel! Im Himmel!" Und dann hörte ich Lily WEINEN!
Ich muss sagen, auch wenn ihr mich für herzlos haltet: Ich glühte vor Freude. Lily weinte. Wegen mir! Am liebsten wäre ich wieder hoch geklettert, um sie zu trösten und ihr alles zu erklären! NEIN, zuerst musste ich mich rächen!
Olaf wohnte weiter oben in der Domgasse. Und ich, KK, der Catman, hatte eine riesengroße Stinkwut auf den Chef der Rüden-Rüpel-Bande.
Am Haus Nr. 22 gab es ein Rosengitter an der Wand. Olafs Zimmer war ganz oben – und das Fenster stand offen. Kein Problem hochzuklettern. Obwohl es dunkel war, konnte ich mit meinen Katzenaugen sehen, was bei Olaf für Poster an

den Wänden hingen: ... total peinlich! Olaf steckte wie eine Presswurst in einem viel zu engen Schlafanzug mit Mickymaus-Figuren! Ich presste mir die Pfote vor den Mund, um nicht laut zu lachen. Kann man als Katze überhaupt lachen? Olaf schnarchte unter seiner Schmusedecke, den rechten Daumen im Mund. Neben ihm auf dem Kopfkissen lag ... sein Telefon.
Das schnappte ich mir, hielt es mit der linken Pfote und tippte mit der rechten. Dann sprang ich Olaf auf den Bauch und verpasste ihm einen Kratzer quer über die Nase. Als er die Augen aufriss, hielt ich ihm mit beiden Pfoten sein Telefon vor die Augen. Dazu machte ich einen gewaltigen Katzenbuckel, legte die Ohren an und fauchte ... das hatte ich vor Caros Spiegel geübt.
Olaf las ‚Rache für Klaus! Ich bin Cat-Man'. Dann sah er mich, kreischte los und fiel aus dem Bett. Doch ich hatte schon alle 18 Krallen in die Mickeymaus Figur auf seinem Hintern geschlagen. Olaf jaulte ‚Mama' und kroch auf allen vieren aus dem Zimmer, kullerte die Treppe hinunter und lief schreiend auf die Straße.
Oben hörte ich Olafs Mutter rufen und sauste ihm hinterher. Draußen hingen die Nachbarn aus den Fenstern und wunderten sich über den Lärm.
„Hilfe, Hilfe, das ist Catman", kreischte Olaf, doch im Dunklen sahen sie nur den grauen Schatten einer kleinen Katze hinter Olaf herlaufen.
An einem der Fenster stand Finn aus der Rüpel-Gang. Er lachte hämisch über Olafs Schlafanzug. Das würde er bestimmt überall herumerzählen! Ich zwickte Olaf in die Waden, bis er quiekte und in der Nacht verschwand. Sowas Blödes! Olafs Telefon hatte ich vergessen, aber bei dem Gerenne hätte ich es nicht in der Pfote halten können. Es

unter mein Halsband zu klemmen, ging auch nicht. Dazu war es zu eng.
Ob Olaf seiner Mutter erzählen würde, dass ein karierter Kater in seinem Zimmer gewesen war?
Ich war unheimlich stolz auf mich. Den düsteren Fremden, den dF – wie ich ihn jetzt nannte (Caros Abkürzungen fand ich ziemlich cool) – hatte ich überlistet, mich an Olaf gerächt, und Lily hatte wegen mir geweint! Das hieß wohl, dass sie mich mochte. Aber nur als Jungen und nicht als karierten Kater. Ich blieb stehen, sah mich um, und meine gute Laune war weg. Seit wann gab es hier einen Wald? Cat-Man hatte sich verirrt – voll peinlich! Ich kletterte auf einen Baum und versuchte, meinen knurrenden Magen zu vergessen. Ich war müde und schlief schnell ein.
Als ich aufwachte, war es schon wieder dunkel.
Ich kletterte vom Baum und kühlte meine brennenden Pfoten im weichen Moos. Der Nachtwind strich mir übers Fell als wolle er mich trösten. Wie unheimlich es nachts war! Und dieser entsetzliche Hunger. Ich wusste nicht, dass man so hungrig werden konnte. Zuhause war immer was zum Futtern da: Schokolade, Kartoffelchips, Erdnüsse, Salzstangen, Schokoriegel. Ich stolperte über dicke Wurzeln und herumliegende Äste, wetzte die Krallen an den Baumstämmen und schlabberte Wasser aus einem Bach. Bäh, das schmeckte einfach zu sauber, nicht so lecker wie das Wasser aus der Regenpfütze in Caros Garten. Dann lief ich einfach in die Richtung, die am wenigsten düster aussah und endlich führte der Weg aus dem Wald.
Dicht an dicht standen Häuser nebeneinander. Alles war ruhig, doch plötzlich öffnete sich eine Haustür und ein Lichtschein fiel auf die Straße. Ich versteckte mich hinter den Mülltonnen (nein, die waren nicht kariert).

Eine Frauenstimme rief leise ‚Carlo, komm‘. Dann klapperte etwas auf dem Boden.
Dieses Geräusch kannte ich. Ein gefüllter Napf. Der Duft von Sardinen kitzelte meine Nase, und mein Magen antwortete mit lauten Knurren. Ich schlich näher, doch kaum hatte ich den ersten Bissen verschlungen, als sich ein dunkler Schatten neben mir aufbaute. Gelbe Augen blitzten und ein dumpfes Knurren kam aus der Brust eines dicken, grau-getigerten Katers.
Ich legte die Ohren an, duckte mich und schnappte schnell noch ein große Stück Fisch.
„Was glaubst du, was du da tust, Freundchen“, knurrte der Kater. Spitze Reißzähne blitzten im Mondlicht.
Ich versuchte mein Cat-Man-Grinsen, hob beide Vorderpfoten wie es Menschen tun, wenn sie versuchen, miteinander zu reden. „Reg dich ab, ist genug für uns beide im Napf. Du könntest sowieso abspecken!“

Für alle, die immer alles genau wissen wollen:
Eigentlich kam ich nur bis „absp...“

Der Graue stürzte sich auf mich. Spitze Zähne bohrten sich in mein Nackenfell. Autsch, das tat höllisch weh. „Tut mir leid! Hilfe, aufhören, ich bin ein Mensch!“
Das interessierte den Grauen nicht. Er zwickte mich ins Ohr und wir kugelten kreischend und fauchend über den Rasen. Der Napf rollte scheppernd über den Steinweg und der lecker duftende Fisch landete im Rinnstein. Endlich ließ mich der Graue los.
„Du hast noch nicht oft gekämpft, Kleiner. Ich bin Mitglied im Kampf-Katzen-Verein! Also verschwinde von hier! Und was ist das überhaupt für ein seltsames Fell! Du siehst aus wie ein verweichlichtes Sofakissen!“

Ich sauste zwei Straßen weiter und verkroch mich in einer Rosenhecke. Autsch, jetzt rissen auch noch die Dornen an meinem Fell. Mein Herz hämmerte in meiner karierten Brust, die Zunge hing mir so weit aus dem Hals, dass ich die karierte Spitze sehen konnte. Blut tropfte von meinem linken Ohr auf die Pfote. Mein erster Kater-Kampf! Meine erste Schlägerei überhaupt. Na ja, den Kampf hatte ich verloren, aber ich lebte und die Kratzer würden heilen. Zitternd saß ich noch eine Weile in meinem Versteck, lief weiter die Straße entlang bis zu einem großen Haus. Das Tor zum Hof stand offen. In einer Ecke fand ich einen Holzstapel und verkroch mich zwischen den warmen Holzstämmen. Trotz knurrendem Magen schlief ich schnell ein.

Kapitel 12

Felix und Sofia

Geweckt wurde ich von Katzengesang.

Für alle, die immer alles genau wissen wollen: Katzengesang ist nichts, was man am frühen Morgen hören will – auch nicht, wenn man selbst ein Kater ist. Aber es wirkt besser als ein schriller Wecker.

Ich blinzelte von meinem Holzstapel hinunter in den Hof. Ein schwarzer Kater stakste angeberisch herum und sang. „Miau mio uoha!“
Für meine empfindlichen Katzenohren klang es entsetzlich. Der Kater tänzelte um eine Katze herum, deren rotes Fell in der Sonne schimmerte. Die Katzendame saß über ihren Napf gebeugt und ließ sich nicht stören.
‚Der Schwarze will sie mit seinem Lärm vertreiben, um an das Futter kommen‘, dachte ich, ‚schlauer Plan‘. Und schon legte die rote Katze die Ohren an, hörte auf zu futtern und stolzierte an dem Kater vorbei. Doch der interessierte sich nicht für Futter, sondern lief ihr hinterher.
Schnell herunter vom Holzstapel und zum Futter. Köstlich, köstlich wie das duftete … ein rascher Blick rechts und links ... hmm, lecker, lecker, lecker!
Der Schwarze hatte auf gehört zu singen und stand neben mir.
„Bei der duftenden Makrele, sieh dir den an, Sofia.“
Die rote Katze putzte sich hastig die Futterreste aus den Barthaaren. „Er ist kariert“, rief sie erstaunt.
Ich futterte schnell weiter, bevor es wieder Prügel gab.
„Wie heißt du denn, mein Kleiner“, fragte die rote Katze. „Ich bin Sofia und der da heißt Felix.“

Zwischen zwei Bissen murmelte ich: ‚Esch ben Klaus Kariert‘. Oder nur KK.“
„Ein sehr ungewöhnlicher Name“, Sofia leckte mir das rechte Ohr. Wow – das fühlte sich toll an! Ich schnurrte wieder und schloss genießerisch die Augen. Das war super! Das konnte ich stundenlang aushalten!
„Wo kommst du eigentlich her“, der schwarze Felix drängte sich dazwischen, „bei uns gibt es nur getigerte, gefleckte, rote, graue und natürlich schwarze Katzen. Ein kariertes Fell ist echt peinlich! Mit dir kann man sich ja nirgendwo sehen lassen! Und was ist das für ein Schlüssel an deinem Halsband?“
„Also ich finde ihn süß“, Sofia knabberte jetzt an meinem linkem Ohr.
Felix kniff die Augen zusammen. „Willst du das Fellbündel jetzt bemuttern?“
Sollte ich wieder flüchten? Aber ich brauchte Hilfe und begann zu erzählen: von Caro, Frau Melzig, dem düsteren Fremden und meinem tollen Flucht-Plan.
„Ich bin keine richtige Katze, sondern ein Mensch! Ein verzauberter Mensch! Und ich hab’ keine Ahnung, wozu der Schlüssel an meinem Halsband gut sein soll.“
Felix umrundete mich. „Ein Mensch. So, so kannst du das beweisen?“
„Na, wie doof seid ihr denn? Ich kann immerhin sprechen!“
„Ja, das haben wir gemerkt“, knurrte Felix, „du quatschst uns ja schon eine ganze Weile voll! Sprechen können wir auch, wie du gemerkt hast!“
Stimmt, das hatte ich ganz vergessen. Ich konnte also mit anderen Tieren sprechen. Nur Menschen verstanden mich nicht.
„Keine Sorge, mein Kleiner“, sagte Sofia sanft, „du musst mit einem Menschen nicht sprechen. Ein verzweifeltes

Miau und ein schmelzender Augenaufschlag genügen, damit die Menschen wissen, dass du Hunger hast. "
„Nein, ich kann es beweisen. Ich kann schreiben und lesen", rief ich, „bringt mir ein Buch. Oder Zettel und Stift!"
Felix kugelten sich vor Lachen. „Wir haben keine Zettel und keine Bücher! Schämst du dich nicht, ein Mensch sein zu wollen?"
Ich war ratlos. „Könnt ihr mir helfen, nach meinen Eltern zu suchen? Wo ist die Ulkweiler Straße? Oder wisst ihr, wie ich nach Schottland komme?"
„Wieso fragst du UNS", wunderte sich Felix, „wenn du ein Mensch bist, dann bis du doch soooo schlau und lernst solche Dinge in der Schule."
„Ja, schon. Aber ich glaube, ich war krank an dem Tag."
Dass mich Olaf gezwungen hatte, nicht aufzupassen, mussten sie nicht wissen. Sofia stupste mich sanft mit dem Kopf. „Uns wird schon etwas einfallen, wie wir dir helfen können. Was meinst du, Felix?"
Felix musterte mich mürrisch. Ich konnte sogar sehen, was er dachte: ‚Sofia ist ganz verrückt nach diesem albernen Kater!'
„Mit diesem komischen Fell kann er sich nicht auf der Straße blicken lassen. Das muss weg. Wenn der düstere Fremde hier auftaucht, will er vielleicht auch Experimente mit einem schwarzen Kater und einer roten Katze machen!"
Felix jagte mich durch den Hof bis zu einem Teich.
Ich tupfte mit der Pfote ins Wasser. „Nein, da geh ich nicht rein. Das ist mir zu nass!"
Doch Felix packte mich und tauchte mich unter.
„Mein Fell kannst du nicht abwaschen", prustete ich, „ich bin verzaubert und nicht gefärbt! Warum versuchst du nicht, dein eigenes Fell sauber zu waschen, du Unglücks-

kater! Schwarze Katzen bringen Unglück! Das hab ich gelesen!“
Ich war stolz darauf, dass mir das eingefallen war. Felix ließ mich los und peitschte wild mit dem Schwanz. „Du karierter Flohpelz nennst mich Unglückskatze und meckerst über mein schwarzes Fell?“
„Schwarzes Fell hat Nachteile“, sagte Sofia, „darauf siehst du jedes Staubkörnchen. Außerdem hat er recht. Die Menschen glauben wirklich, dass schwarzen Katzen Pech bringen!“
Felix warf mir einen finsteren Blick zu. „Leg’ dich doch in die Sonne“, sagte ich schadenfroh, „vielleicht wird dein schwarzes Unglücksfell dann grau!“
Sofia schob mich zu einem Sonnenfleck, damit ich wieder trocken wurde und lief davon, um etwas zum Futtern zu holen.
„Vorsicht“, knurrte Felix, als wir alleine waren, „für so einen winzigen Kater hast du eine ganz schön große Klappe.“
Nicht schon wieder Prügel! Plötzlich wusste ich, warum Felix mich nicht leiden konnte. „Du bist in Sofia verliebt!“
„Bist du übergeschnappt“, fauchte er, „die schöne Sofia und ich, die Unglückskatze. Das hat sie selbst gesagt!“
„Sie will dich nur ärgern. Aber deine Singerei findet sie grässlich. Hast du nicht gesehen wie sie dann die Ohren anlegt? Wie wäre es mit einem Strauß roter Rosen? Nein, sie ist ja eine Katze. Schokolade, nein, kein gute Idee ...“
Felix trat nervös von einer Pfote auf die andere. „Ich, äh, hab’ ein Gedicht geschrieben, aber ich trau’ mich nicht, es vorzutragen. Sie wird mich auslachen. Kater dichten nicht. Sie fangen Mäuse und schenken sie ihrer Liebsten, aber ich bin ein schlechter Jäger und äh …!“

„Ein Gedicht“, sagte ich, „ja, gute Idee! So ein Liebesgedicht gefällt den Mädchen. Ich kenn’ mich aus mit Gedichten. Komm, lass hören. Ich werde auch nicht lachen. Versprochen!“
Felix räusperte sich, setzte sich auf die Hinterbeine und hob die rechte Vorderpfote.

„Den Napf mit dir zu teilen
macht mich unsagbar froh –
ich hoff’, dir geht es ebenso!
Keine schlingt so gierig wie du
Ich mag dich so. Hurra! Juhu!

Ich presste meine Reißzähne fest zusammen, um nicht zu lachen. Das war das mieseste Gedicht, das ich je gehört hatte. Der freche Felix hätte verdient, dass Sofia ihn auslacht.
„Nicht übel“, murmelte ich höflich, „aber das muss noch besser werden!“
Ich überlegte. Betört – erhört – Sonne – Wonne ... ich hatte mir schon lange kein Gedicht mehr ausgedacht. Ein romantisches Liebesgedicht. Ich dachte ganz fest an Lily und ihre blonden Zöpfe. Goldene Flüsse ... versuchte mir die Zöpfe als rotes Katzenfell vorzustellen. Felix trippelte unruhig von einer Pfote auf die andere.
„Ich brauche Papier und Stift. Ich muss die Worte aufschreiben“, sagte ich und Felix sauste los. Er kam wirklich mit einem Zettel und einem abgenagten Bleistiftstummel zurück. Ich biss wieder zwei Löcher in den Stift, klemmte ihn fest und kritzelte los.
„Ich glaube, so könnte es gehen. Hör gut zu, Felix.“

„Oh Holde, Samtpfotige mit honiggoldenen Sternenaugen
du meine Tausendschönste!

Dein Fell ist Feuer, das die Nacht erwärmt,
ist Morgenglut, die weckt den Tag

So golden glänzt es in der Sonne
dich zu sehen, ist meine Wonne
und doch
du weißt nicht, wer dich verehrt
weißt nicht, wer sich nach dir verzehrt.
Du lässt mich dort im Schatten stehen
Sofia, du bist so wunder-wunderschön."

Felix starrte mich an. „Bei der galoppierenden Maus! Das ist ... toll! Wieso kannst du so toll dichten? Können das alle Katzen, die vorher Menschen waren?"
Felix hatte recht. Es war das beste Gedicht, das ich jemals geschrieben hatte ... Olaf wäre geplatzt vor Neid! Ich übte mit Felix, bis er das Gedicht auswendig konnte.
Am Abend, als der Mond aufging, war es soweit. Felix kletterte auf den Holzstapel.
Sofia saß gespannt davor, denn ich hatte ihr eine Überraschung versprochen.
Felix holte tief Luft und begann
„Oh Holde, Samtpfotige ...
Wenn er nicht mehr weiterwusste, flüsterte ich ihm die nächsten Worte zu. Ich glaube, beim Theater nennt man das ‚soufflieren'.
Sofia klatschte und leckte Felix' Ohren. Seltsam, plötzlich war ich eifersüchtig. Wieder hatte ich für ein Mädchen ein Gedicht geschrieben und jemand anderer gab sich als Dichter aus. Zu gerne hätte ich Sofia gesagt, dass ich, KK, es mir ausgedacht hatte. Nur für sie. Aber ich schwieg und versuchte, mich mit Felix zu freuen. Olaf hatte Unrecht.

Schreiben und dichten war ein tolles Talent, und es war nicht sinnlos.

„Mir ist etwas eingefallen, womit wir KK helfen können", schnurrte Sofia am nächsten Morgen, „Felix, mein Poet, führe uns in die Stadt. Wir brauchen einen Spiegel, damit er sich den Schlüssel ansehen kann und dann suchen wir ein neues Fell für ihn. Und Bücher, damit wir wissen, wo Schottland ist."
„Woher sollen wir Fell für ihn bekommen", fragte Felix dümmlich.
„Na, dort wo auch die Menschen ihre Felle kaufen", schnurrte Sofia, „im Kaufhaus!"

Kapitel 13

Im Kaufhaus

Felix, Sofia und ich sausten durch die gläserne Eingangstür in das Kaufhaus Mayer und Meyer. Links und rechts blieben die Menschen stehen und zeigten mit den Fingern auf uns.
„Das sind Maschinen“, rief jemand und eine Frau meinte: „Ja, irgendwo steht hier eine versteckte Kamera, aber da falle ich nicht drauf rein!“
Wir huschten weiter, an gläsernen Kästen voll glitzerndem Schmuck und Uhren vorbei bis zu Regalen voller Bücher. Ich sah ein großes, glänzendes Buch, das einen dunkelgrünen See und die verfallene Ruine einer Burg zeigte. Davor stand ein Mann, der einen Rock trug. Einen karierten Rock.
„Angus“, rief ich, „so einen Rock trägt dieser Angus auch.“
„Aufpassen“, wisperte Sofia.
Eine Verkäuferin, die Bücher einräumte, sah sich misstrauisch um.
„Mund halten und mir nach“, Felix lief zur Rolltreppe.
Vorsichtig tappte ich Pfote für Pfote hoch, doch Felix schubste mich ungeduldig vorwärts. Oben angekommen, sah Sofia sich um. „Hier sind wir richtig. Da vorne hängen die Felle der Menschenfrauen! Vielleicht finden wir eines, das dir passt, und du kannst dich darunter verstecken.“
Sie lief zu einem Kleiderständer, auf dem Pelzmäntel und Jacken hingen. Ich roch an einem herunterbaumelnden Ärmel ... es roch nach Angst.
„Vielleicht finden wir was kleineres, einen Pelzkragen, den du dir umlegen kannst. Achtung, aufpassen.“
Sofia huschte hinter einen hohen Spiegel. Ich blieb davor stehen und betrachtete den winzigen Schlüssel an meinem Halsband. Zu irgendetwas musste er doch gut sein, doch da

kam eine Verkäuferin angelaufen. Felix blieb mutig neben mir stehen und plusterte sich auf. Wollte er jetzt mein Gedicht aufsagen?
„Hilfe“, stammelte die Verkäuferin, „Hilfe! Hier im Kaufhaus sind keine Katzen erlaubt! Auch keine karierten!“
Sofia kam aus ihrem Versteck und zog Felix und mich fort. „Wieso versteckt ihr euch nicht? Die fängt sicher gleich an zu kreischen.“ Und schon kreischte die Verkäuferin los.
„Alles deine Schuld“, sagte Felix zu mir, „nur weil du kariert bist!“
„Quatsch“, fauchte Sofia, „normalerweise gehen Katzen nicht ins Kaufhaus. Egal wie sie aussehen. Jetzt rufen sie sicher jemand vom Tierheim!“
Sofia hatte recht. Die Verkäuferin kreischte nicht mehr, sondern zog ein piepsendes Kästchen mit einem blinkenden, roten Licht vom ihrem Gürtel und sprach hastig hinein.
„Beim rostigen Dosenöffner“, miaute Felix, „alle mir nach!“
Er sauste zurück zur Rolltreppe. Neben der Verkäuferin stand jetzt ein Mann, breit wie ein Kleiderschrank. Die Verkäuferin zeigte auf uns.
„Falsche Richtung, Felix“, rief Sofia vor der Rolltreppe, „die Stufen rollen uns entgegen!“
„Die Richtung stimmt“, behände sprang Felix die rollenden Stufen hinauf, immer zwei auf einmal, zwischen den Menschen hindurch nach oben. Sofia und ich folgten ihm. Oben angekommen liefen Kinder herum und zeigten auf Dinge, die in den Regalen lagen. Meist schüttelten die Erwachsenen ungeduldig die Köpfe und versuchten die quengelnden Kinder wegzuziehen.

Für alle, die immer alles genau wissen wollen:
In welcher Abteilung des Kaufhauses waren sie?

Sofia verschwand zwischen Puppen mit aufgemalten, rosigen Mündern. Felix sprang auf das Regal mit den Stofftieren und saß dümmlich grinsend zwischen Bären und Äffchen.
Ich wackelte mit dem Hinterteil, sprang los und krallte mich mit den Vorderpfoten am Regal fest. Ein Affe plumpste herunter und ich kletterte auf den freien Platz. Rechts neben mir stand ein Karton mit einem Plastikfenster. Dahinter saß eine schneeweiße Katze mit rosa Schleife.
„M-i-a-u“, schepperte es blechern, „M-i-a-u – ich-bin-Kitty-dein-neues-Schmusekätzchen – M-i-a-u!“
„Selber Miau“, sagte ich.
„Halt die Klappe“, fauchte Felix, „das ist eine Katzen-Maschine!“
„Wenigstens ist die höflich“, fauchte ich zurück.
„Ruhe“, wisperte Sofia zwischen den Puppen.
Irgendwo nieste jemand. Einmal, zweimal. Eine schwitzende, dicke Frau, beladen mit Tüten und Päckchen, stapfte die Regale entlang.
„Nun, mein Schatz“, sagte sie zu dem Mädchen, das gelangweilt hinter ihr her schlurfte, „hier finden wir sicher ein hübsches Geburtstagsgeschenk für dich!“
„Uhhh, Stofftiere! Voll langweilig“, brummte das Geburtstagskind, „ich will einen Hund. Oder eine Katze. Aber in echt!“
„Das haben wir schon so oft besprochen. Sieh doch mal, diese rote Katze. Ist die nicht süß?“ Ich drehte den Kopf einen halben Zentimeter nach links und sah Sofias Schwanzspitze zucken.

„Sieht doch jeder, dass das kein echtes Fell ist", nörgelte das Mädchen, „aber die hier ... die ist schick!" Sie blieb vor MIR stehen.
„Wer hat sich denn so was ausgedacht? Eine karierte Katze. So was gibt's doch gar nicht!" Mit dem Zeigefinger stupste sie gegen meine Nase. „Igitt, die hat eine nasse Nase!"
Ich versuchte nicht zu niesen und nicht zu blinzeln. Aufgeregt klopfte meine Schwanzspitze gegen den Karton neben mir, aus dem gleich eine Antwort kam.
„M-i-a-u – ich-bin-Kitty-dein-neues-Schmusekätzchen – M-i-a-u!"
„Mama, hier riecht es komisch", das Mädchen rümpfte die Nase.
„Ja, du hast recht", sagte ihre Mutter, „als ob die Katzen echt wären. Erstaunlich, was man heutzutage alles machen kann. Jetzt weißt du auch, warum ich keine echte im Haus haben will. Wir kaufen dir eine von diesen Stoffkatzen. Die kratzen nicht, die machen keine Pfützen auf den Teppichboden, buddeln nicht in der Blumenerde! Von mir aus nehmen wir die karierte, dann können wir endlich nach Hause!"
Bevor ich auch nur mit der Pfote zucken konnte, hatte die Frau mich unter dem Bauch gepackt. „Wirklich ganz erstaunlich", murmelte sie, „es fühlt sich weich an, so warm, so lebendig ... so ... Hallo!"
„Wenn Sie erlauben", plötzlich, wie aus dem Boden gewachsen, fiel ein schwarzer Schatten über die Frau, der nieste und mich an sich riss.
Woher kam der dF so plötzlich? In dem bleichen Gesicht leuchteten seine rot-karierten Augen wie glühende Kohlen.
„Na erlauben Sie mal", fauchte die Frau, „wir haben die Katze zuerst gesehen. Wir wollen sie kaufen! Und was ist das in Ihren Augen?"

Der dF achtete nicht auf sie. Er stopfte mich – ich war starr vor Angst wie ein richtiges Stofftier – kopfüber in eine große, durchsichtige Plastiktüte, auf der ‚Kaufhaus Mayer und Meyer' stand. Dann nieste er und stakste mit großen Schritten davon.

„Frechheit", fauchte ihm die Frau hinterher und das Mädchen kreischte „Mama, ich will die karierte Katze! Sofort!"

In diesem Moment kamen die Verkäuferin und der schrankbreite Mann angelaufen. Sie hatten gesehen, wie der dF etwas in eine Tüte gestopft hatte und zum Ausgang lief.

„Haltet den Dieb! Er hat nicht bezahlt!"

Der dF nieste und hastete zur Rolltreppe. Die Verkäuferin, der schrankbreite Mann, die dicke Frau und ihre quengelnde Tochter und natürlich Sofia und Felix – alle stürmten die Rolltreppen hinunter. Links und rechts neben den gläsernen Eingangstüren standen schon zwei andere schrankbreite Männer. Sie packten den dF links und rechts.

„Ich habe nichts gestohlen. Der Kater gehört mir", kreischte er und nieste dreimal, „er ist weggelaufen. Und Sie dürfen im Kaufhaus keine lebenden Katzen verkaufen! Das ist verboten!"

Die Tüte fiel zu Boden und ich kroch wild fauchend heraus. Der dF versuchte mich zu packen, aber Sofia sprang ihm mit ausgefahrenen Krallen auf den Rücken und Felix biss ihm in die Hand. Der dF kreischte, nieste und schlug um sich.

Um mich herum waren nur noch Schuhe: braune, schwarze, blaue – wo waren Sofia und Felix? Da, rote und schwarze Pfoten! Rasch folgte ich den Pfoten zwischen trampelnden Beinen hindurch auf die Straße. Als ich mich noch einmal umdrehte, versetzte der dF dem schrankbreiten Mann einen Kinnhaken.

In einer Seitenstraße warteten wir, bis wir sicher waren, dass uns niemand folgte.
„Wir müssen das nervige Mädchen suchen", schnaufte Felix, „dann setzt du dich vor die Haustür und miaust ganz jämmerlich. So wie die weiße Katze auf dem Regal. ‚Miau-Miau-ich-bin-dein-neues-Schmusekätzchen' und so!"
„Ich bin aber echt", fauchte ich ärgerlich, „denk an den Geruch und die ekligen Haare!"
„Unverschämtheit", schimpfte Sofia, „jede Katze riecht besser als diese Menschen mit ihrem aufgesprühten Stink-Wasser. Kein Wunder, dass sie sich täglich waschen müssen. Pfui Spinne!"
„Möchte nicht wissen wie die riechen, wenn sie sich wie unsereins nur mit der Zunge waschen müssten", sagte Felix, „mal davon abgesehen, dass sie nie so gelenkig wären. Achtung, hört ihr das Rascheln? Wir müssen vorsichtig sein, hier gibt es Ratten!"
„Bei der süßen Sahne", schnurrte Sofia, „das ist eine wunderbare Idee, Felix. Bring' KK zu Rita Rattig. Wenn ihm jemand helfen kann, dann sie!"
„Zu Rita", Felix schluckte, „äh, ich weiß nicht, wo sie wohnt. Aber ja, wenn du meinst", sagte er schnell, als Sofia ihn aus honiggoldenen Augen anstrahlte, „ja, klar, ich finde die Ratte schon!"
„Felix, mein Held", Sofia rieb schnurrend ihren Kopf an seiner Wange, „und heute Nacht will ich mein Gedicht hören!"
Rasch hob ich die Pfote.
Nein, ich wollte nicht sagen, dass das Gedicht von mir war. Was glaubt ihr denn!
„Also, ich brauche keine Ratte. Wir gehen zur Polizei. Die haben den dF sicher verhaftet. Ich werde ihnen alles aufschreiben, dann werden sie mir glauben!"

„Das schlägt doch der Katzenfutterdose den Boden aus“, sagte Felix, „da schleppt man diesen missratenen Flohpelz ins Kaufhaus, bringt sich in Gefahr und was miaut dieses karierte Sofakissen? Hast du nicht kapiert? Sie bringen dich in ein Labor, da hört dir keiner mehr zu. Und selbst, wenn sie dir glauben: Woher willst du wissen, dass der dF dich zurückzaubern kann? Außerdem ist er sicher schon geflohen. Du musst unbedingt dein kariertes Fell loswerden, und die Ratte kann dir sicher helfen. Rita weiß auch, wie du nach Schottland kommst!“
Felix hatte recht. Ich war noch immer bei Nr. 1 meines Planes: wieder ein Mensch werden.
Zum Abschied schleckte mir Sofia ein letztes Mal über die Ohren. „Viel Glück, karierter Klaus!“
„Los, jetzt“, brummte Felix eifersüchtig, „hoffentlich kann ich mich an die richtige Straße erinnern!“

Kapitel 14
Rita Rattig

Felix lief die düstersten, schmutzigsten, stinkensten Straßen entlang, die ich jemals gesehen hatte.

Für alle, die immer alles genau wissen wollen:
Viele Straßen hatte KK noch nicht gesehen, seit er aus Caros Haus geflohen war, aber ja, es waren wirklich die düstersten, schmutzigsten, stinkensten Straßen, die es in dieser Stadt gab.

Rostige, verbeulte Mülltonnen, aus denen es knisterte, knurrte, schmatzte, grummelte, grunzte und huschte, versperrten ihnen den Weg.
„Keine Sorge“, miaute Felix zaghaft, „das sind nur Bewohner dieser Stadt. Hier ist Rat-City!“
Ich hatte nur einmal eine Ratte gesehen. Auf der Schulter eines Punkers, der vor dem Bahnhof saß und bettelte. Sie war weiß und hatte sich schnell zwischen seinen lila-schwarzen Haarbüscheln versteckt. Besonders gefährlich war sie mir nicht vorgekommen, doch meine Mutter hatte ‚Igitt, komm weiter‘ gesagt. In der Ulkweiler Straße war immer alles sauber und ordentlich. Ein einziges Mal hatte ich eine winzige Maus durchs Gras huschen sehen.
Aber was hier zwischen den Mülltonnen huschte, hatte es nicht eilig – und keine Angst vor Katzen. Dicke, lange, graue Körper, mit scharfen Krallen beobachteten uns aus schwarz-glänzenden Augen.
„Rita Rattig ist eine gefürchtete Zauberin“, sagte Felix mit zittriger Stimme, „sie kennt sicher einen Trank, um dein Fell zu färben. Vielleicht rosa … nein, zu auffällig. Am besten, du lässt dich grau-getigert färben. Grau-getigerte

Katzen gibt's tausende. Vielleicht sogar Millionen … halt, ich glaube, wir müssen hier rechts abbiegen!"
An der nächsten Straßenecke blieb Felix stehen. „Hier gab es mal einen Wegweiser ...!"
„Wie wär's mit dem da". Ich zeigte hoch zu einem rostigen Blechschild. Eine dicke, schwarze Ratte war dort abgebildet. Aus ihren Augen schossen rote Blitze.
„Ja, hier sind wir richtig", sagte Felix erleichtert, „hier geht es zu Rita Rattig!"
Ich betrachtete das Schild. Spitze Zähne und ein breites Grinsen blitzten mit scharfen Krallen um die Wette. ‚Madame Rattig – Hilfe in allen Lebenslagen' stand da zu lesen. Ein Pfeil zeigte nach unten, wo in der Hauswand ein Loch war.
„Hallo", rief Felix hinein, „hier ist ein seltsamer Kater, der Hilfe braucht. Und ich hab jetzt alles gesagt was ich zu sagen habe", fügte er rasch hinzu, als er Schritte trippelten hörte, „uuuhhh, sie kommt. Viel Glück, Kumpel – und danke für das Gedicht!" Felix verschwand zwischen den Mülltonnen.
„Feigling", schimpfte ich ihm hinterher, „wenn das Sofia wüsste!"
Ein dicker, brauner Rattenschädel zwängte sich durch den Spalt. „Bist du angemeldet? Hast du einen Termin bei Madame Rattig?"
„Nein, ein Freund hat mich hergebracht. Wegen ...".
Die Ratte musterte mein Fell. „Dein Problem ist deutlich zu sehen. Folge mir!"
‚Wenigstens bin ich nicht soooo dick wie du', dachte ich und zwängte mich durch den Spalt. Sie watschelte vor mir her durch den breiten Tunnel. Überall lag Abfall und es roch muffig-feucht, genau wie in Caros Keller. Meine Katzenaugen fingen noch den letzten Lichtschimmer auf.

Rechts und links sah ich nackte Steinwände, an denen der Schimmel wuchs. Wasser tropfte von irgendwo herunter und ließ die Wand wie schwarz lackiert schimmern. Pfui, ich hatte nasse Pfoten. Hier konnten sich nur Ratten wohlfühlen.
Plötzlich bog die Ratte rechts ab und schlüpfte durch einen Spalt zwischen den Steinen. Ich quetschte mich hindurch und stand in einer kleinen Kammer. Die Ratte öffnete eine Tür, hob die Pfote und winkte mir. Kam jetzt Madame Rattigs geheime Zauberkammer?
Neben der Tür stand ein Schreibtisch. Die dicke Ratte blätterte in einem Buch, das darauf lag.
„Mal sehen, was für heute in Madame Rattigs Terminkalender steht. Oh, du hast Glück, sie hat Zeit. Du kannst gleich zu ihr … wir haben also einen karierten Kater. Hast du dir schon überlegt, wie du aussehen willst? Lattenzaun-Braun oder Unglückskatzen-Schwarz, Mitternachtsblau? Oder Neuschnee-Weiß? Wie wäre es mit Forellen-Silbern? Oder wärst du gerne rosa mit grünen Streifen? Die Menschenfrauen würden sich dann um dich reißen und in jede Katzenausstellung schleppen. Du hättest ein warmes Zuhause, immer einen gefüllten Napf. Dieser Luxus ist nicht zu verachten!“
Nein, rosa mit grünen Streifen wollte ich nicht aussehen.
„Kann Madame Rattig mich getigert werden lassen“, fragte ich, „oder könnte sie mich vielleicht sogar, äh, zurückverwandeln?“
„Sieh an, sieh an“, die Ratte sprang vom Schreibtisch und kam so nahe, dass ihre Barthaare meine Schnurrhaare kitzelten, „zurückverwandeln? Du hast also ein Geheimnis! Ja, so wird es wohl sein. Wieso bist du überhaupt kariert?“
Ich wich zurück. „Das sage ich nur Madame Rattig!“

Die Ratte huschte zur nächsten Tür, klopfte und ging hinein. Wie viele Zimmer und Türen gab es hier noch? Würde ich zurück zur Straße finden, wenn ich vor der Zauber-Ratte fliehen musste? Die Tür öffnete sich wieder und eine zarte Stimme rief.
„Der Nächste, bitte!"
Mit hängenden Ohren zwängte ich mich durch die winzige Tür „Willkommen, ich bin Rita Rattig!"
Außer der dicken Ratte war niemand zu sehen, doch plötzlich ließ sie ihr Fell fallen wie einen Mantel und eine kleine, schlanke Ratte ohne Fell stand vor mir. Ihre Haut schimmerte zartrosa. Am Hals hatte sie drei und am Bauch fünf graue Tupfen. Der Rattenschwanz war rot-geringelt. Ich kicherte.
„Es ist sehr unhöflich, jemanden anzustarren und zu lachen", die roten Augen blitzten mich an, „und ja, ich habe einen Ferkelschwanz!"
„So was hab' ich noch nie gesehen", sagte ich.
„So was wie dich habe ich auch noch nie gesehen", sagte die Ratte. Mit zuckenden Nasenspitzen umkreisten wir uns.
„Wie seltsam", murmelte ich
„Wie seltsam", murmelte Rita Rattig.

Die Ratte öffnete einen Schrank und zeigte auf Dosen und Flaschen. „Das sind alles Kräuter. Daraus lässt sich einiges zaubern: Cremes, Pulver und heilsame Tränke, gegen Ohrensausen oder Magengrummeln. Einmal habe ich versucht einen Liebeszauber für einen schwarzer Kater zu brauen. Der war in eine Katze mit rotem Fell verliebt. Habe nie erfahren, ob er gewirkt hat. Ich fürchte, dein Fell kann ich nicht umfärben. Eigentlich bin ich keine Hexe und auch keine Zauberin. Aber wenn man eine rosa Ratte mit Ferkelschwanz ist, ist es besser, wenn sich alle vor dir fürchten.

Nur wenige bekommen die echte Rita zu sehen. Die meisten kennen nur meine Helferin", sie zeigte auf den löchrigen, grau-braunen Rattenmantel mit der Rattenmütze und dem langen Schwanz.
„Davor haben sie Respekt! Und Angst! Jetzt bin ich gespannt auf deine Geschichte. Komm mit, hier drin ist alles so schmutzig!"
Sie drückte mit der Pfote eine kleine, in der Wand verborgene Tür auf. Noch ein Zimmer! Ich musste auf dem Bauch hindurch kriechen, so eng war es, doch drinnen stand ich in einem großen Raum mit hoher Decke. Die Wände waren himmelblau gestrichen und auf dem Boden lagen dicke, gemütliche Sitzkissen. Im Kamin knisterte ein Feuer und über den Flammen hing ein Kessel, aus dem es verlockend duftete.
„Köstlich, köstlich", Ritas Nase zuckte, „Käse-Fondue! Darf ich dich zu einem Napf voll einladen? Ha, ich sehe es dir schon an der Nasenspitze an. Du denkst, was ist denn das für eine Ratte, die alles sauber hält und auch noch kocht, anstatt Unrat und Abfall in sich hineinzuschlingen!"
Rita Rattig füllte einen Holznapf mit duftendem Käse. schob mir Brotstücke und einen Spieß zu. Sie steckte ihr Brot geschickt auf den Spieß und tunkte es in den Käse Bald schmatzte ich mit Rita um die Wette und sie beschwerte sich nicht darüber!
Nach dem Essen erzählte mir Rita aus ihrem Leben. Geboren wurde sie in einem Labor. Alle fanden sie süß und niedlich, weil sie so nackt und rosa war. Einer der Angestellten nahm sie mit nach Hause.
„Es war furchtbar! Ständig stand jemand vor meinem Käfig, klopfte und rüttelte daran. Hundertmal die Woche hörte ich ‚Ach, wie eklig' oder ‚Ach, wie niedlich'. Bei der ersten Gelegenheit bin ich geflohen. Aber meine rosa Haut

ist zu empfindlich für ein Leben auf der Straße. Wenn es regnete, bekam ich Schnupfen und wenn die Sonne schien, Sonnenbrand. Ich versteckte mich in ekligen, schmutzigen Tunneln, bis ich in Rat-City landete. Hier gibt es viele Ratten. Aber ich musste mich wehren. Als ich über einen toten, ausgetrockneten Artgenossen stolperte, hab' ich mir das Fell genommen und wurde zur gefürchteten Rita Rattig. Und jetzt zu dir. Erzähl' mir alles von Anfang an", Rita kuschelte sich auf ein Kissen, „ich liebe gute Geschichten!"
Satt und zufrieden erzählte ich von meinen Eltern, von Caro, Frau Melzig, dem dF … und von Felix und Sofia.
„KK, du bist ein guter Geschichtenerzähler. Erzähl weiter!"
Wenn das mein Vater hören könnte ...!
„Nein, ich muss weiter nach Schottland. Zu diesem Angus. Weißt du wie ich dort hinkomme?" Doch Rita schüttelte den Kopf. Von Schottland hatte sie natürlich schon gehört, aber einen Angus kannte sie nicht.

Für alle, die immer alles genau wissen wollen:
Rita fand Caros Idee, den karierten Klaus KK zu nennen, echt witzig – und ab sofort wollte sie selbst nur noch RR genannt werden.

Kapitel 15

Ritas Restaurant

Am nächsten Morgen gab es Käseomelette mit Sardinen zum Frühstück.
„Ich habe die ganze Nacht in meinen Büchern geblättert", sagte RR, „aber ein Mittel gegen kariertes Fell habe ich nicht gefunden. In einen Menschen kann ich dich auch nicht verwandeln. Es wäre besser, du findest dich damit ab und bleibst wie du jetzt bist. Genau wie ich immer nur eine rosa Ratte sein kann. Bleibe hier und ich werde für dich kochen!" Rita rülpste und zeigte hoch zu den Büchern über dem Kamin.
Ich las die Buchrücken. ‚Fauler Zauber für Anfänger' oder ‚Verhexen aber richtig'.
„Das klingt nach mächtig viel Ärger."
Rita nahm ‚Verhexen aber richtig' aus dem Regal und schlug es auf: Es war ein Kochbuch.
„Ich wollte schon immer all diese leckeren Sachen kochen. Es schmeckt einfach besser, wenn man zu zweit futtert."
„Wänn du gäne kochscht", ich schluckte das letzte Stück Sardine hinunter, „dann schreib doch auf dein Schild ‚Ritas-Rattigs-Restaurant'."
Rita sah mich zweifelnd an. „Denkst du, eine Ratte, die nett und sauber ist und gerne kocht, werden sie hier dulden?"
„Leckeres Essen lieben alle", ich leckte mir die Schnurrbarthaare sauber, „und erst wenn du es versucht hast, wirst du es wissen!"
Was war das denn für ein schlauer Spruch? Sicher hatte das irgendein Lehrer mal gesagt … nein, es war mein Vater, als er noch daran glaubte Schriftsteller zu werden und er mich ermunterte, mir Geschichten auszudenken.

„Du hast recht“, RR war begeistert, „aber du musst bleiben und mir helfen! Ja, ein Kater als Empfangschef im Restaurant einer Ratte – das wär’ toll! Dann hätten alle noch mehr Respekt vor mir! Und hier unten wird dich dieser dF niemals finden!“
Ich rülpste vor Schreck: Den dF hatte ich fast vergessen, aber ein Ratten-Restaurant mit einem karierten Kater würde sich bald herumsprechen.
„Ein ruhiges Leben wirst du mit deinem karierten Fell nirgendwo finden“, sagte RR als sie mein trauriges Gesicht sah.

RR und ich sammelten Holz aus dem stinkenden Kanal und bauten Tische und Sitzbänke daraus. Dann suchte RR in ihren Kochbüchern nach all den Gerichten, die sie schon immer kochen wollte – und kochte sie zur Probe.
Ich kümmerte mich um die Speisekarte. Eine tierische Speisekarte. Ich malte alles auf, was es zu futtern geben sollte. So brauchten die Gäste nur mit Pfote, Kralle, Tatze oder Huf darauf zu zeigen, was sie essen wollten.
Der alte Schild wurde ab- und ein neues aufgehängt. Es zeigte Rita in einer rosa gepunkteten Schürze mit einem Kochlöffel in der Pfote. Darunter klebte ich meine Speisekarte an die Hauswand.
RR war begeistert, und wieder war ich stolz auf mich. Wieso hatte ich mir nur von Olaf einreden lassen, dass es nicht toll ist, wenn man dichten konnte? Oder malen. Oder andern helfen, ihren Traum zu erfüllen.

Für alle, die immer alles genau wissen wollen:
Es ist das Beste, was es überhaupt gibt. Viel besser, als andern Angst zu machen.

Am Eröffnungstag drängten Ratten, Mäuse, Katzen, Krähen, Igel, Blindschleichen und eine Schildkröte in Ritas Restaurant. Spatzen saßen unter den Tischen und warteten auf Krümel. Als alle Plätze besetzt waren, rief ich RR zu mir und überraschte sie mit einem Gedicht:

Willkommen im Küchenreich von Ratte Rita
so eine Ratte wie sie war noch nie da
Bei ihr gibt's leckeres Futter
mit extra viel Butter
Die kochende Ratt' macht alle satt
Jegliches Getier
speist hier bei ihr
ganz ohne Streit
denn sind Magen und Näpfe voll,
finden's alle toll

Dann verteilte ich Schüsseln und Näpfe an den Tischen, und schon nach dem ersten, vorsichtigen Bissen schmatzten alle zufrieden. Und als sie satt waren, hatte keiner Lust, mit seinem Tischnachbarn zu raufen.
Ich schuftete so schwer wie nie. Das schwerste, was ich in den letzten Monaten getragen hatte, war die Tasse Kaffee, die ich meiner Mutter am Muttertag ans Bett gebracht hatte. Jetzt schleppte ich Berge von Geschirr und spülte stundenlang Teller und Näpfe. Spät am Abend kam noch eine Schneckenfamilie und bestellte den Salatteller. Sie kauten zwei Wochen lang.

RR war glücklich. Meist blieb sie die ganze Nacht in ihrer Küche, sang mein Gedicht und blätterte in ihren Kochbüchern, um neue Speisen für den nächsten Tag auszusuchen.

Die Wand des Supermarktes, in dem RR einkaufte, hatte ein Loch, durch das man in die Buchhandlung nebenan schlüpfen konnte. Rita brachte mir vom Einkaufen ein Buch über Schottland mit. Ich las es von vorne bis hinten durch. Aha, deshalb trug Angus einen Rock für Männer. Man nannte es Kilt, und jede der alten Familien in Schottland hatte ihr eigenes Muster. Das hieß Tartan, aber eine Mac Bleistein-Familie fand ich nicht. Ich musste unbedingt nach Schottland reisen und diesen Angus finden.
Doch ich musste mich noch verstecken, denn vom nächsten Einkauf brachte RR die Neuigkeit mit, dass ein großer, dünner Mann mit roten Augen durch die Straßen schlich und nach einer karierten Katze suchte. Zwei Wochen später fragt noch immer jemand nach einem karierten Kater … angeblich war es jetzt ein junger Mann, doch darauf fiel ich nicht herein: Das war der dF in Verkleidung.

Nach sechs Wochen vermisste ich Dinge, über die ich nie nachgedacht hatte, weil sie eben immer da gewesen waren: Sonne, Bäume und frische Luft. Ich war eben keine Ratte, die es liebte, durch dunkle, feuchte Kanäle und Keller zu huschen. Ich war eine Katze, brauchte Luft und Sonne … nein, stopp. Eigentlich war ich ein Junge, aber Sonne und Luft brauchte ich auch.
RR bekochte mich dreimal am Tag. Die karierten Streifen auf meinem Fellbauch wurden immer breiter. Bald würde ich in einem der muffigen Tunnel steckenbleiben. RR sah mir an, dass ich traurig war. Vom nächsten Einkauf brachte sie kein Buch mit, sondern eine Neuigkeit.

„Auf der Festwiese unten am Mäusehügel hat ein Zirkus sein Zelt aufgeschlagen. In einem Zirkus wimmelt es nur so von seltsamen Gestalten. Dort wirst du nicht auffallen und dein kariertes Fell werden sie für ein Kostüm halten! Und: So ein Zirkus fährt durch die ganze Welt. Vielleicht sogar bis nach Schottland!"
„Ein Zirkus", überlegte ich, „die haben Löwen oder Elefanten! Die brauchen doch keine Katze!"
„Ich hab mit den Mäusen gesprochen. Der Direktor ist ein Geizkragen und sucht immer nach neuen Sensationen. Hauptsache, sie kosten nix. Und eine karierte Katze ist doch wohl eine Sensation!"
RR schenkte mir zum Abschied Block und Stift, in einem winzigen Beutel, den ich an mein Halsband hängen konnte. Auf das erste Blatt hatte sie geschrieben:
Für KK – den besten aller karierten Kater und meinen besten Oberkellner.

Dazu schrieb sie mir noch einen Zettel.
Mein Name ist Klaus Kariert und man nennt mich KK. Ich möchte gern beim Zirkus arbeiten – aber nur, wenn der Zirkus bis nach Schottland reist.
RR küsste mich zum Abschied auf die Nase und führte mich nach oben zur Straße.

Kapitel 16

Im Zirkus

Hoch oben vom Hügel sah ich blaue Zeltwände voll silberner Sterne, die im Wind flatterten. Musik und Trommelwirbel waren zu hören. Rund um das Zelt standen, wie Sonnenstrahlen angeordnet, bunt bemalte Zirkuswagen. Es gab sogar welche mit Blumenkästen vor den Fenstern und mit winzigen Balkonen, auf denen Liegestühle standen. Überall liefen Menschen in seltsamer Verkleidung umher. Manche trugen glitzernde Kostüme, andere Masken und rote, blaue und gelbe Perücken.

Vom Hügel führte ein schmaler Weg hinunter zur großen Festwiese. Ich war nicht der einzige, der zum Zirkus wollte. Mäuse huschten rechts und links durchs Gras.

„Lecker, lecker! Dort unten findet man immer was zum Nagen“, wisperte eine kleine Maus, „nach jeder Vorstellung ist der Boden voll mit Salzstangen, Popcorn, Keksen und Pommes! Und das zweimal am Tag! Komm mit, wenn du hungrig bist!“

„Du sprichst mit einer Katze, mein Junge“, wisperte eine größere Maus, „und für Katzen sind WIR das Futter!“ Die kleine Maus warf mir einen ängstlichen Blick zu, flitzte der Mutter hinterher und verschwand unter den blauen Zeltwänden. Ich hörte Musik und Applaus und spähte neugierig durch einen Spalt.

„Dos ronde Döng is dö Monöschö“, sagte die kleine Maus, die Backen voller Popcorn, „tschuldigung, ich weiß, es ist unhöflich, mit vollem Mund zu reden. Dort in der Manege, das sind die Artisten. Der dicke Mann mit dem schwarzen Hut ist der Direktor. Er heißt Igor Maximus. Könntest du mir das Stück Brötchen herüberschieben? Danke! Ich finde dein Fell übrigens super toll! Achtung, jetzt stellen sie die

Gitter auf. Das bedeutet, dass jetzt die großen Katzen kommen. Die kommen immer zum Schluss, weil sie die Sensation sind. Ich muss los, denn jetzt lassen die Menschen gleich vor Schreck ihre Leckereien fallen!"
Ich sah gebannt zur Manege. Zwei Tiger schritten majestätisch umher, sprangen auf große, runde Tische und brüllten und fauchten. Ein kleiner, dünner Mann in einem blau-silbernen Glitzerhemd schlurfte mit missmutigem Gesicht umher und wedelte gelangweilt mit einer Peitsche und einem Stock. Die großen Katzen sprangen durch Reifen, von einem Tisch auf den nächsten und sahen genauso gelangweilt aus wie ihr Dompteur.
„Das sind Verwandte von dir", flüsterte die kleine Maus im vorbeilaufen, „sehr gefährlich! Äh, das Stück Waffel da, willst du das essen?"

Nach der Tiger-Dressur marschierten die Artisten noch einmal rund um die Manege, winkten dem Publikum, und nach dem letzten Trompetenstoß leerte sich das Zelt. Ich saß unter den Holzbänken und überlegte, was ich jetzt tun sollte.
„Weißt du, wo ich diesen Direktor finde", fragte ich die kleine Maus.
„'türlich woiss ösch das", piepste sie mit vollen Backen, „in dem schwarzen Wohnwagen, gleich links, wenn du aus dem Zelt kommst! Ach, ich würde auch so gern zum Zirkus gehen und Elefanten dressieren, aber meine Mutter sagt, das ist unmöglich, weil ich eine Maus bin!"
„Weißt du, kleine Maus", ich schob ihr ein paar Pommes hin, „nach allem, was ich in den letzten Wochen erlebt habe, ist nichts unmöglich! Wenn du Elefanten dressieren willst, dann versuche es einfach. Wenn es nicht klappt, hast

du es wenigstens versucht!“ Die Maus sah mich aus großen Augen an und hörte sogar auf zu kauen.
Ich kroch unter dem Zelt nach draußen. Der Direktor war ein dicker Mann mit einem schwarzen Schnurrbart, der genauso geringelt war wie Ritas Ferkel-Schwanz. Er stand neben dem Tiger-Käfig und stritt mit dem Mann in dem blauen-silbernen Glitzerhemd.
„Daniel Dödel, deine Tiger hopsen herum wie Schmusekätzchen. Die müssen gefährlich aussehen! Knurren! Fauchen! Die Zuschauer wollen sich gruseln, nicht langweilen!“
„Wenn sie doch nicht wollen“, jammerte der Tiger-Dompteur.
„Papperlapapp“, meckerte der Direktor, „du muss strenger mit ihnen sein! Zeig ihnen die Peitsche! Wie oft habe ich dir das schon gesagt!“ Schimpfend stapfte er zu dem langen, schwarzen Wohnwagen.
Ich schlich hinterher, wartete eine Minute und klopfte an die Tür.
„Wer stört“, der Direktor riss die Tür auf und sah – niemanden. „Wer hat da geklopft? Soll das wieder ein Scherz sein?“
Ich nahm meinen ganzen Mut zusammen und miaute lautstark.
„Ja, träume ich denn“, er beugte sich zu mir, „eine karierte Katze. So was gibt‘s ja gar nicht!“
Ich fischte mit der Pfote Ritas Zettel aus dem Halsband. Direktor Maximus faltete ihn auseinander und las. Dann trat er einen Schritt zurück. „Komm rein, karierter Kater! Dich hat der Himmel geschickt!“
Zirkusdirektor Igor Maximus plumpste auf ein schwarzes Sofa und schimpfte weiter: über die Tiger und den Dompteur Daniel Dödel, darüber, dass er eine neue, sensationelle

Sensation unbedingt brauchte. Dann jammerte er über die Besucher, die jede Woche eine neue, sensationelle Sensation verlangten.
„Einen karierten Kater hatten wir noch nie. Ja, ich habe da eine Idee!“
Ich hörte geduldig zu, und als Direktor Maximus Luft holte, deutete ich mit der Pfote auf Ritas Zettel und die Stelle mit Schottland.
„Papperlapapp“, jammerte Igor Maximus, „ich träume auch davon, in ganz Europa aufzutreten. Auch in Schottland. Aber ohne sensationelle Raubtiernummer ist da nix zu machen! Lass mich nachdenken ... ja, mit einem karierten Kater könnten wir eine Einladung nach Schottland bekommen. Dort sind sie ganz wild auf alles Karierte. Aber vorher muss ich mit dir viel Geld verdienen, damit ich die Überfahrt für den ganzen Zirkus zahlen kann!“
Er las den Zettel noch einmal. „Klaus Kariert? Papperlapapp! Das ist kein Name für einen Zirkusartisten. Du heißt ab sofort … Kasimir! Der sensationelle Kasimir Kariert. Morgen Nachmittag ist dein erster Auftritt. Willkommen im Zirkus Sternenzelt!“

Für alle, die immer alles genau wissen wollen:
Zum Glück hatte Direktor Maximus einen Namen mit K ausgesucht. Also heiße ich noch immer KK.

Direktor Maximus ging mit mir zum Küchenzelt, wo ich etwas zum Futtern bekam und gleich als neue sensationelle Sensation vorgestellt wurde. Und etwas Wunderbares geschah: Niemand wunderte sich über einen karierten Kater.

Schon am nächsten Tag sollte mein erster Auftritt zusammen mit Direktor Maximus sein. Gleich nachdem der Tigerkäfig aus der Manege geschoben wurde, trat der Direktor durch den roten Vorhang, und ich hörte einen Trommelwirbel.
„Hochverehrtes Publikum, wir präsentieren Ihnen zum Ende der Vorstellung eine neue sensationelle Sensation: den einzigen, karierten Kater der Welt! Kasimir Kariert!“
Ich lief aufgeregt hinter dem Vorhang hin und her und hörte erstaunt, dass ich schon berühmt war. Das Publikum jubelte und klatschte, was wohl bedeutete, dass jetzt mein großer Auftritt losging. Als ich an den Tigern vorbeilief, starrten sie mich an, dann lachten sie, bis ihre gestreiften Bäuche wackelten. „Was ist an dir so besonderes?“
„Das wisst ihr nicht? Dann seht mich an“, ich ärgerte mich, weil die beiden so hochnäsig waren, „ihr seid nur getigert. Ich bin kariert!“
Ich schlüpfte durch den roten Samtvorhang in die Manege. Wie viele Menschen mich anstarrten! Der Direktor verbeugte sich vor dem Publikum und zeigte auf mich. Alle klatschten. Toll, aber was sollte ich jetzt machen?
„Na los“, zischte der Direktor, „jetzt tu’ doch was! Du wirst doch wohl irgendetwas können!“
Ich überlegte, dachte an Olaf … den hatte ich als Cat-Man ordentlich erschreckt! Ich warf den Kopf in den Nacken, blies jedes einzelne, karierte Fellhaar auf und miaute und fauchte, bis ein Mädchen mit roten Zöpfen in der ersten Reihe zu kichern begann.
„Ist das alles“, fauchte der Direktor, „sag was! Sing’ was! Mach’ was!“
Ich stellte mich auf die Hinterpfoten und winkte mit den karierten Pfoten.

„Papperlapapp, das kann doch nicht alles sein“, der Direktor rannte zum roten Vorhang, wo Daniel, der Tigerdompteur, stand und zusah. Der Direktor riss ihm die Peitsche aus der Hand. Ich duckte mich und legte die Ohren an. Wie bitte? Schon wieder Prügel? Ich sauste los. Daniel, der seine Peitsche zurückhaben wollte, sauste dem Direktor hinterher, der mir hinterher sauste. Das Publikum tobte vor Lachen. Wer dressierte hier wen? Der Zirkusdirektor die Katze oder die Katze den Direktor?
Als Direktor Maximus merkte, wie begeistert das Publikum war, blieb er stehen und verbeugte sich. Donnernder Applaus brach los. Ich blieb auch stehen und ließ mich von einem Mädchen, das aus der Loge geklettert war, auf den Arm nehmen und kraulen. Doch Direktor Maximus packte mich und setzte mich auf seine Schultern. Dann stolzierte er mit mir durch die Manege, als hätte er einen gefährlichen Löwen bezwungen.
Nach diesem Abend war ich, Kasimir Kariert, der neue Star im Zirkus, und niemand wollte mehr die Tiger sehen. Die waren einfach nur getigert und voll langweilig.

Kapitel 17
Daniel Dödel

Jeden Abend, wenn ich nach der letzten Vorstellung zum Küchenzelt lief, sah mich Daniel Dödel finster an. Klar, er war eifersüchtig, denn ich war jetzt die sensationelle Sensation im Zirkus und nicht mehr Tyra und Tora, die Tiger. Den beiden war das schnurz-piep-egal. Sie fanden die albernen Kunststücke ohnehin langweilig. Ich hörte, wie Daniel ihnen zuflüsterte, dass er ihre Futternäpfe nur noch halb füllen konnte, weil er vom Direktor weniger Geld bekam. Meinetwegen. Jetzt hassten auch Tyra und Tora mich. Aber es konnte nicht mehr lange dauern, bis Direktor Maximus genug Geld mit mir verdient hatte, um mit dem ganzen Zirkus nach Schottland zu reisen.
Wenn ich nachts nicht schlafen konnte, spazierte ich über den Zirkusplatz. Dort war immer was los. Die Artisten saßen bis spät in die Nacht vor den Wohnwagen, und noch spät am Samstagabend spielten sogar die Kinder draußen. Ich dachte an mein Zuhause. An meine Eltern. Ob meine Mutter noch immer weinte? Nein, sie hatte mich sicher schon vergessen.
Als ich eines nachts traurig am Tigerkäfig vorbeitrottete, schoss eine riesige Tatze hervor und zog mich nach drinnen.
„Da haben wir ja den Übeltäter“, Tora ließ die Krallen blitzen, „wegen dir wird unser Futternapf bald leer sein. Also verschwinde von hier oder du landest in unserem Napf!“
„Lass mich los, du Angeber. Ich bin nicht freiwillig hier“, knurrte ich mutig und ließ auch die Krallen blitzen. Doch plötzlich zog mich jemand aus dem Käfig.
„Aufhören! Lasst ihn los! Er kann ja nichts dafür, dass Direktor Maximus uns hinauswerfen will!“ Daniel kraulte

mir beruhigend die Ohren. „Tut mir leid, die Tiger-Dressur war schon langweilig, bevor du kamst. Tyra und Tora machen ohnehin nur, was sie wollen. Mir macht das alles keinen Spaß! Aber mein Vater und mein Großvater haben schon Raubkatzen herumgejagt, äh, dressiert."
Er setzte mich vorsichtig auf den Boden. Ich versuchte mutig auszusehen, doch ich zitterte vor Angst und wollte nur weglaufen. Schnell zog ich Zettel und Stift aus meinem Halsband und schrieb etwas auf. ‚Wenn dir deine Arbeit nicht gefällt, warum machst du nicht etwas anderes? Es muss doch etwas geben, was dir Spaß macht'.
Daniel las den Zettel. Er wunderte sich nicht über eine schreibende Katze, denn schließlich war er im Zirkus. Er murmelte. „IchwärgernEiscremeSortenErfinder!"
Auch die beiden Tiger waren neugierig zum Gitter gekrochen, verstanden aber genauso wenig wie ich.
„Ich wäre gern Eiscreme-Sorten-Erfinder", kreischte Daniel plötzlich, „Eiscreme! Ich liebe Eiscreme!"
Die Tiger sahen sich an, plumpsten auf den Rücken, streckten alle vier Pfoten von sich und lachten brüllend. Das war ziemlich unhöflich. Immerhin war Daniel ihr Chef. Ich schrieb noch einen Zettel. „Dann erfinde doch Eiscreme. Und ich nenne dich DD. Ich bin KK."

Für alle, die immer alles genau wissen wollen:
Muss ich erklären wieso?

„Meinst du wirklich?", fragte DD aufgeregt, „hier im Zirkus gibt es keine Eiscreme. Nur Popcorn und Pommes. Da fällt mir ein … " DD zog ein winziges Notizbuch aus der Tasche. Ich konnte lesen, dass er ‚Rezept für Katzen-Eiscreme' aufschrieb.

Katzen-Eiscreme? Dieser DD war mindestens so verrückt wie … ja, so verrückt wie Caro, der dF, RR … und ich selbst, KK.
Ich schrieb weiter. „Mir macht es keinen Spaß, mich vom Direktor herumjagen zu lassen. Wie wäre es, wenn wir ... !“
Tyra und Tora spitzten die Ohren. Ich schrieb und schrieb und DD schrieb seine Antworten daneben.

Als die beiden Tiger am nächsten Morgen gähnten und sich streckten, saß ich zwischen ihren Tatzen im Käfig.
„Mutig bist du ja“, knurrte Tyra, „oder furchtbar dumm! Genau zwischen unsere Krallen zu klettern!“
„Wir werden gleich sehen, wie schlau ihr seid“, sagte ich, „euer Dompteur ist nicht mehr euer Dompteur. Er hat keine Lust mehr, euch hüpfen zu sehen!“
„Der ist schlauer, als ich dachte“, brummte Tora.
„Wie schön“, Tyra gähnte und rollte sich wieder auf den Rücken. „Endlich Ruhe. Nur noch schlafen!“
„Ja, jetzt könnt ihr tun, was ihr wollt“, sagte ich cool und versuchte nicht daran zu denken, dass ich in einem Tigerkäfig saß, „ihr zwei seid arbeitslos! Hier ist der Schlüssel zu eurem Käfig. Ihr kennt sicher den Weg zum Hafen und findet ein Schiff, dass euch zurück nach Indien bringt. Ich hoffe für euch, dass die Menschen dort keine Angst vor herumspazierenden Tigern haben. Aber sie kennen euch ja vom Zirkus und wissen wie langweilig ihr seid!“
Die beiden Tiger starrten mich an. Tyra blinzelte nervös. „Nach Hause? Ich glaub, ich bin im Zirkus geboren!“
„Was meinst du mit arbeitslos“, stammelte Tora, „heißt das, es gibt auch nichts mehr zu futtern?“

„Stimmt genau“, ich grinste, „ihr zwei seid schlauer als ich dachte. Aber das muss nicht sein! Ab heute bin ich euer Dompteur!“
Tora sprang auf und brüllte. „Ein Straßenkater soll mich herumkommandieren? NIEMALS!“ Vorsichtshalber hatte ich mir schon die Pfoten auf die Ohren gedrückt.
„Jetzt hört mir zuerst einmal zu. Ich bin auch so was wie ein Tiger und will euch nicht herum kommandieren. Wir drei könnten uns was Tolles einfallen lassen. Also, was würdet ihr lieber machen als herumbrüllen?“
Tyra senkte die Wimpern. „Ich wollte schon immer tanzen. Auf einem Seil – aber ohne so ein lächerliches Tütü und rosa Schirmchen.“
Tora sah sie verdutzt an. „Davon hast du mir nie etwas erzählt“
„Ich dachte, du lachst mich aus“, sagte Tyra verschämt, „alle wollen doch nur Tiger sehen, die knurren und Zähne zeigen!“ Tora schüttelte den Kopf. „Nein, auch ich liebe Musik. Ich würde gern singen!“
Ich kratzte mich mit der Hinterpfote am Kopf. Jetzt wurde alles noch viel seltsamer. Der Dompteur will zaubern und die Tiger wollen singen und tanzen!
„Wisst ihr“, sagte ich, „Katzengesang ist nichts tolles für Menschenohren.“
„Vorsicht, Mäusefänger“, fauchte Tora, „sag nichts gegen meine Stimme!“
Er riss den Rachen auf, und ich presste wieder die Pfoten auf die Ohren. Das war sicher hundert Mal schlimmer als Felix’ grausiger Gesang, doch ...
Toras Stimme war warm und weich. Er sang wie einer dieser dicken Tenöre im Fernsehen, bei deren Gesang meine Mutter immer weinte.

Wieso hatte ich noch nie ausprobiert wie mein Katergesang klang? Ich räusperte mich. Und sang. Meine Stimme war nicht so schrill wie die von Felix, heller und klarer und passte wunderbar zu Toras Stimme. Tyra klatschte in die Pfoten. „Das klingt wundervoll. Dazu muss ich einfach tanzen!“
Ich musste wieder an Olaf denken: Ich schrieb Gedichte, malte und sang – und das alles war sehr, sehr nützlich.

Am nächsten Abend gab es im Zirkus Sternenzelt zwei neue sensationelle Sensationen:
Vor der Vorstellung und in den Pausen verkaufte DD herrlich cremige, fruchtige Eiscreme in allen Farben. Es gab sogar goldene und getigerte Eiscreme! Nur karierte Eiscreme wollte ihm nicht gelingen.
Zum Schluss betrat ich, KK, die Manege. DD hatte mir aus seinem Hemd einen blau-silbernen Umhang genäht. Der Schlüssel an meinem Halsband glitzerte im Licht der Scheinwerfer. Die Peitsche trug ich quer im Mund, als ich hinaus in den Tigerkäfig lief und mich auf die Hinterbeine aufrichtete. Dann kamen Tyra und Tora, ich wedelte mit der Peitsche und sie sprangen auf die Tische und durch die Reifen. Sie fauchten wild und knurrten ihren strengen Dompteur an.
Na, das ist ja nix Neues, werdet ihr jetzt sagen, doch dann spielte die Musikkapelle ein romantisches Lied und ich sang. Zusammen mit Tora – und Tyra tanzte dazu.

Eine Katze als Tiger-Dompteur – und ein Tiger-und-Katzen-Chor! Und dazu das leckerste Eis, das die Zuschauer je geschleckt hatten! Drei neue, sensationelle Sensationen! In jeder Stadt, die wir bereisten, waren die Vorstellungen ausverkauft und die Zeitungen voll mit Fotos von Kasimir

Kariert. Direktor Igor Maximus zählte den ganzen Tag Geld. Bald würde der Zirkus Sternenzelt durch Europa reisen. Bis nach Schottland.

Kapitel 18

Der Feuer-Schlucker-Spucker

An einem Donnerstagmorgen spazierte Direktor Maximus ins Küchenzelt, wo alle Artisten beim Frühstück saßen. Der Direktor trank seinen Milchkaffee ohne Milch, knabberte ein Rosinenbrötchen ohne Rosinen und löffelte einen Teller Früchtequark ohne Quark. Seit er mich nicht mehr durch die Manege jagte und DD diese unglaublich leckere Eiscreme zauberte, sah der Direktor aus wie eine dicke, schwarze Kanonenkugel auf zwei dünnen Beinen. Trübsinnig schlürfte er seinen Milchkaffee ohne Milch, dann stand er auf und klatschte in die Hände.

„Alle herhören! Heute Abend tritt unser neuer Feuer-Schlucker-Spucker auf!"

„Wieso neu", fragte DD, „wir hatten ja noch keinen alten!"

„Papperlapapp", brummte der Direktor, „das Publikum verlangt eben immer etwas Sensationelles und wenn wir bald auf Rundreise gehen, brauchen wir viele sensationelle Sensationen. Deshalb haben wir jetzt einen Feuerschlucker, äh, Spucker! Und", Direktor Maximus sah mich an, „er war ganz begeistert zu hören, dass du unbedingt nach Schottland willst! Ah, da ist er ja!"

Ein großer, dünner Mann trat ins Küchenzelt. Solche Hände, bratpfannengroß, hatte ich schon einmal gesehen. Mein Nackenfell sträubte sich. Brauchte man solche Hände als Feuerschlucker, um die schweren Fackeln zu halten? Um sicher zu sein, musste ich seine Augen sehen, doch der Feuerschlucker trug eine schwarze Brille und folgte rasch dem Direktor zu seinem Wohnwagen.

Am Abend ging DD durch die Reihen der Besucher und verkaufte rosa-gold-silbernes-Erdbeer-Himbeer-Popcorn-Eis.

Die Artisten schlüpften in ihre Kostüme, schminkten sich, dehnten ihre Muskeln, und ich übte mit Tyra und Tora noch einmal die neuen Tanzschritte.
Der Feuer-Schlucker-Spucker sollte ganz am Ende der Vorstellung auftreten, sogar nach mir, dem Tigerdompteur. Tora und Tyra waren beleidigt, weil sie nicht mehr die sensationelle Sensation waren. Sie tanzten und sangen falsch, aber ich schimpfte nicht mit ihnen, denn ich hatte in den Reihen der Zuschauer ein Gesicht entdeckt. Ein Gesicht, das ich kannte. Aber ich wusste nicht woher. Immer wieder musste ich zu dem jungen Mann hinsehen. Das Lächeln und seine Augen ... wo hatte ich das schon einmal gesehen?
Nach dem Auftritt brachte ich Tyra und Tora zum Trost eine große Portion Sardinen-Eiscreme, dann schlüpfte ich zurück in die Manege und setzte mich neben DD in die erste Reihe. DD hatte drei Portionen Eis dabei: Hühnchen-Eis für mich; Paprika-Pfeffer-Eis und ein samtig-süßes-Sahne-Eis. Ich schleckte am Hühnchen-Eis und drehte mich zu dem jungen Mann um, der mir sogar winkte.
Ein Trommelwirbel ertönte, und der Feuer-Schlucker-Spucker, gehüllt in einen schwarzen Umhang, betrat die Manege. Er verbeugte sich, doch als er den Kopf hob, blitzten seine rot-karierten Augen: Es war der dF!
„Verehrtes Publikum, ich brauche einen Assistenten“, der dF sprach mit seiner unheimlichen Stimme, die klang wie ein Blecheimer, der einen steinernen Weg hinunter scheppert. Der Blick der roten Augen glitt über die Reihen der Besucher, die alle den Kopf einzogen. Niemand meldete sich, aber der dF hatte sein Opfer schon ausgespäht. Ich drückte dem verdutzten DD mein Eis in die Hand, wollte nach unten wegrutschen, aber der dF stand schon vor mir und starrte aus rot-blitzenden Augen auf mich herab.

„Wie wäre es mit unserem berühmten, karierten Kater? So einen Assistenten hatte ich noch nie!“
Gewaltiger Applaus war zuhören. Alle waren froh, dass dieser unheimliche Feuer-Schlucker-Spucker einen Freiwilligen gefunden hatte. Ich krallte mich im roten Samtpolster fest und warf DD verzweifelte Blicke zu, doch der kritzelte in sein Eis-Erfinder-Buch, dass sein Paprika-Pfeffer-Eis so scharf war, dass man schon nach dem zweiten Schlecken selbst Feuer spucken konnte.
Der dF packte mich im Genick, nieste und schleppte mich in die Manege zu einem Tisch. Er nieste noch zweimal, dann zog er eine Fackel hervor, die er mit einer wasserklaren Flüssigkeit überschüttete.
Meine Krallen kratzten hilflos über die glatte Tischplatte. Der Feuer-Schlucker-Spucker öffnete den Mund, spuckte auf die Fackel, und riesige Flammen schossen hervor.
Die Besucher murmelten ‚Aaahhh‘, sahen verzückt den Flammen nach, die mit einem zornigen Zischeln bis hoch an die Decke sprangen. Der dF blies einen zweiten Strahl genau ins Publikum. Der leere Stuhl neben DD fing zischend Feuer.
Die Besucher kreischten entsetzt und stürzten zu den Ausgängen. Direktor Maximus goss sich einen Eimer Wasser über den Kopf und lief ihnen hinterher. Der dF zog einen Sack unter dem Tisch hervor. „Zeit zu verschwinden, karierter Kater“, zischte er, „jetzt halt still, sonst trifft die Flamme dich. Wäre schade um dein Fell!“
Ich zappelte, strampelte, fauchte und knurrte. Nein, der dF würde mein kariertes Fell sicher nicht verbrennen, denn er brauchte es für sein Experiment. Aber ich hatte Angst um Tyra und Tora. Sie saßen in ihrem Käfig und konnten vor dem Feuer nicht fliehen. Doch gerade als der dF mir den

Sack über den Kopf stülpten wollte, stand plötzlich DD vor ihm.
„Ein kühles Eis gefällig?“ Er stieß ihm die Waffel mit dem Sahne-Eis tief in den feurigen Hals. Der dF schluckte, prustete und hustete kalte Dampfwölkchen, dann rülpste er. Nur ein winziges, schwefelgelbes Wölkchen trudelte noch aus seinem Hals. Das Feuer war verpufft! DD schrieb schnell in sein Eis-Erfinder-Buch ‚Samtig-süßes-Sahne-Eis ist prima Feuerlöscher‘.
Ich sauste aus der Manege, befreite Tyra und Tora und drückte ihnen zum Abschied die Tatzen. Dann lief ich los, weg vom Zirkus. Als ich mich ein letztes Mal umdrehte, standen die Besucher hustend vorm Zelt. Direktor Maximus und die andern Artisten schleppten Wassereimer. DD verteilte Eiscreme, damit alle ihre Kehlen kühlen konnten. Der junge Mann aus dem Zelt lief mir hinterher und rief etwas, doch ich verstand kein Wort, denn die Feuerwehr kam mit heulender Sirene angefahren. Sicher war er von der Zeitung. Vom dF war nichts zu sehen. Wieder musste ich fliehen. Wohin, das wusste ich auch dieses Mal nicht.

Kapitel 19

Ein Bus nach Schottland

Ich lief und lief bis meine Pfoten brannten. Als ich schnaufend unter einer Straßenlaterne stehenblieb, grinste Direktor Maximus von einem bunten Plakat auf mich herunter. Auf seiner Schulter sah ich mich selbst sitzen. ‚Zirkus Sternenzelt präsentiert den ersten und einzigen karierten Kater. Bald auf großer Europatour bis nach Schottland‘.
Kein Wunder, dass mich der dF gefunden hatte. Und obwohl das alles schlimm genug war, begann es auch noch zu regnen. Niemand achtete auf eine nasse Katze in der Dunkelheit. Ich wünschte mir jetzt nur noch einen trockenen Schlafplatz. Durch den Regenvorhang sah ich Lichter schimmern, und als ich darauf zulief, stand ich vor dem Gasthaus ‚Zum durstigen Wanderer‘. Unter dem breiten Vordach kauerte ich mich gegen die Hauswand. Ich war so müde, dass sich sogar die Hauswand weich und warm anfühlte.
Als ich morgens aufwachte, wusste ich, dass mit der Hauswand etwas nicht stimmte. Als ich mich umdrehte, um meine andere Seite zu wärmen, stand der Mann, an dessen Rücken ich mich geschmiegt hatte, auf. „Hicks! Bin ja garnich sssuhause .... hicks. Und jezz seh’ isch schon karierte Kazzzen!“
Schnell kroch ich zwischen die Mülltonnen. Von dort konnte ich die Straße überblicken. Am Straßenrand parkte ein riesiger Bus. Die hintere Tür stand offen und ein Schild klebte daran. Es zeigte einen Mann, der einen Rock trug. Einen karierten Rock und karierte Strümpfe. Das war eine Einladung für mich! Ich huschte lautlos die Stufen hinauf. Auf der Sitzbank gleich links lag ein Schal. Ein rot-schwarz

karierter Schal. Ich sprang hinauf und verkroch mich darin, zitternd vor Angst und Nässe.
Keine Sekunde zu früh, denn trippelnde Schritte kamen näher, und aus meinem Schal-Versteck sah ich, dass es nur Damen waren, die einstiegen. Der schwankende Mann torkelte ihnen hinterher.
„Da is' ne' Kazze in dön Bussss gschdiegen – die wa' kakakariert", lallte er.
Eine der Damen drehte sich um und sagte schnippisch:
„Na, das passt prima, denn wir fahren nach Schottland! Und Sie gehen jetzt wohl besser nach Hause und schlafen sich aus!"
Schottland! Der Bus fuhr nach Schottland! Ich schnurrte leise vor Freude und Aufregung.
Die Damen verstauten Taschen und Jacken und suchten nach ihren Sitzplätzen. Sollte ich Schmusekätzchen oder Kampfkater spielen, wenn sie mich entdeckten? Doch niemand interessierte sich für den Schal. Die Türen zischten und schlossen sich, dann fuhr der Bus los.
Ich wagte es, aus dem Rückfenster zu sehen. Der torkelnde Mann starrte dem Bus hinterher – und da kam auch der junge Mann aus dem Zirkuszelt angelaufen! Ich hob die karierte Pfote und winkte den beiden. Dann kroch ich zurück unter den Schal.

Der Bus schaukelte los. Das Geplapper wurde leiser und als ich einen Blick wagte, sah ich viele offene Münder, aus denen es kräftig schnarchte. Ich schlich die dunklen Reihen entlang, fand ein paar Brotkrümel und ein Stück Käse auf dem Boden. Hastig verschlang ich alles und war zufrieden. Ich war dem dF entwischt und sogar ohne Zirkus auf dem Weg nach Schottland.

Viele Stunden später bremste der Bus, und der Busfahrer sagte „Willkommen im Hafen von Amsterdam“. Ich rutschte vom Sitz und kullerte unter die Sitzbank. Auch die Damen wachten auf, sahen sich aus verschlafenen Augen an und verlangten nach Kaffee und einem Imbiss. Ja, Hunger hatte ich auch. Doch vor allem musste ich eines: dringend pinkeln.

Vor meiner Nase liefen Damenbeine hin und her. Taschen landeten auf dem Boden, und Tüten raschelten verlockend. Ob jemand Katzenfutter im Gepäck hatte? Aber nirgendwo roch es nach Hühnchen oder Sardinen. Stattdessen öffneten sich zischend die Türen, und alle liefen nach draußen. Ich spähte aus dem Fenster. Da stand ein riesiges Schild ‚Willkommen im Hafen von Amsterdam‘ ... und ja, auch den Damen drückte die Blase. Vor einem blechernen Kasten, in dem die Damen eine nach der anderen verschwand, stand ein Baum mitten auf einem Stück Rasen – ein prima Katzenklo. Lautlos huschte ich die Stufen hinunter, kroch unter dem Bus hindurch auf die andere Seite und scharrte erleichtert in der Erde. Die Luft roch nach Salz, und eine kühle Brise strich mir übers Fell. Große, weiße Vögel kreisten über mir, ihre Schnäbel waren bedrohlich scharf und spitz. Schnell lief ich zurück in den Bus zu meinem Schalversteck.

Kapitel 20

Möwe mit Flugangst

Der Busfahrer hupte, die Damen stiegen wieder ein, und der Bus rollte auf eine Fähre zu. Männer in grün-gelben Westen liefen hin und her und winkten Autos, Fußgänger, Motorräder und Busse zu ihren Parkplätzen.
„Wieso muss ich heute Morgen so oft niesen“, schniefte die Frau im Sitz vor mir, „das tue ich sonst nur, wenn eine Katze in der Nähe ist.“
„Mach’ dich nicht lächerlich“, antwortete die Frau neben ihr, „wie soll denn eine Katze in unseren Bus kommen? Das ist die raue Seeluft, die deine Nase kitzelt!“
Der Bus rumpelte auf die Fähre und parkte. „Nicht vergessen, meine Damen“, rief der Fahrer, „wenn die Fähre in den Hafen von Newcastle einläuft, steigen alle schnell wieder ein. Unser Bus steht auf Deck 5. Und bitte pünktlich. Ihr wollt doch alle mit nach Schottland!“
Ja, Schottland! Ich schnurrte. Vielleicht wartete Angus im Newcastle-Hafen schon auf mich!
Alle Damenbeine liefen nach draußen, und ich sauste schnell hinterher, bevor sich die Türen schlossen. „Huch, da ist eine karierte Katze aus meinem Schal gesprungen!“
„Michaela“, sagte eine der Damen streng, „hast du etwa schon am Whisky genippt, bevor wir in Schottland sind?“
„Ich hab’ sie genau gesehen“, schimpfte diese Michaela, „hier, schnuppere doch mal. Der Schal riecht nach Katze!“
Ich saß unter dem Bus und wartete, bis alle Beine weg waren. Dann kroch ich unter den parkenden Autos und Bussen entlang, bis es nicht mehr weiter ging. Vor mir war ein Seil gespannt, und dahinter kam das Wasser.

Für alle, die immer alles genau wissen wollen: Hätte KK im Geographieunterricht besser aufgepasst, wüsste er, dass dieses Wasser die Nordsee war.

An der rechten Wand führte eine enge Leiter nach oben. Ich kletterte hinauf, höher und höher. Vor oben sah ich Häuser und Kirchtürme der Stadt Rotterdam im Nebel verschwinden. Vor mir lag ein dickes, zusammengerolltes Seil. In der Mitte war ein Loch, groß genug, um mich darin zu verstecken.
„Hör mal, Mäusefänger, denkst du etwa, hier oben finde ich dich nicht? Ich kann mich nicht erinnern, dass du bei mir eine Fahrkarte gekauft hast!"
Eine dicke Möwe saß auf der Reling und musterte mich aus schwarz glänzenden Augen. Wie? Fahrkarte? Was für ein Quatsch!
„Ich brauche keine. Ich bin mit einem ganzen Bus voller Damen aus Deutschland hier. Die haben alle eine Fahrkarte!"
Die Möwe legte den Kopf schief. „Wissen diese Damen, dass eine Katze in ihrem Bus mitfährt? Sicher nicht! Du brauchst eine Fahrkarte. Der Schlüssel da, an deinem Halsband ... er glitzert so schön, den würde ich auch nehmen."
Ich tastete mit der Pfote danach. Ja, den hatte ich fast vergessen. Gut, dass er noch da war. Sicher war er für etwas wichtig. Diese gierige Möwe durfte ihn nicht bekommen!
„Nein, der gehört mir, und Geld habe ich auch nicht. Aber ich muss dringend nach Schottland, um Angus zu finden. Wenn ich dort bin, bezahlt er dich. Kennst du vielleicht einen Angus?"
Die Möwe lachte. Ihr weißer Federbauch wackelte, und plötzlich verloren ihre Krallen den Halt und sie kippte nach hinten weg. „Hilfe", kreischte sie, „ich falle!"

„Na und“, rief ich, „dann flieg’ doch!“
Die Möwe baumelte ein Deck tiefer an einem Rettungsring. Ich sauste die Stufen hinunter.
„Jetzt sag schon: Kennst du einen Angus?“
„Dummer Mäusefänger, weißt du, wie groß dieses Schottland ist“, schnaufte die Möwe, „dort gibt es mehr als einen Angus. Hunderte! Tausende!“ Schwerfällig kroch sie aus dem Rettungsring. „Und ohne Fahrkarte bist du ein blinder Passagier!“
„Spinnst du? Ich bin doch nicht blind! Ich sehe ausgezeichnet – wie alle Katzen!“
Wieder lachte die Möwe und fiel hinunter zu den unteren Decks. 7-6-5.
„Wieso lachst du über mich“, schnaufte ich, als ich auf Deck 5 ankam, „du bist eine Möwe und kannst nicht fliegen. DAS ist zum Lachen! Sogar richtig lächerlich ist das!“
Woher kannte ich so ein erwachsenes Wort wie ‚lächerlich‘? Sicher hatte meine Mutter es oft zu mir gesagt, wenn ich über das gekochte Gemüse genörgelt hatte.
„So, so! Du findest mich lächerlich“, die Möwe stolzierte auf mich zu, „und was ist mit dir? So eine Katze wie dich gibt es ja gar nicht! Kariert – also wirklich. Ist das dein echtes Fell oder hast du dich verkleidet, Mäusefänger?“
„Es ist echt. Leider“, seufzte ich, „wenn du dich hier so gut auskennst, hast du vielleicht einen großen, dünnen Mann mit Händen wie Bratpfannen und rot-karierten Augen gesehen?“
Jetzt wurde die Möwe richtig neugierig. „Nein, aber ich schlage dir einen Handel vor. Ich vergesse deine Fahrkarte, wenn du mir heute Abend deine Geschichte erzählst. Wenn ich mich dabei langweile, gehst du über Bord!“
„Du wirst dich nicht langweilen“, sagte ich zufrieden, „so etwas hast du noch nie gehört.“ Ich rollte mich im nächs-

ten Rettungsseil zusammen und die Möwe zerrte mit dem Schnabel sogar ein Stück Segeltuch über mich.

Ein paar Stunden später wurde das Tuch weggezogen. Der Himmel war nachtschwarz. Nur ein schmaler Streifen Mondlicht schimmerte.
„Aufwachen, karierter Kater! Zeit für deine Geschichte! Alle Fahrscheine sind kassiert. Jetzt gibt es Abendessen. Komm mit!"
Ich folgte der Möwe zu ihrem Versteck auf dem Oberdeck. Sie hüpfte winzige Stufen hinauf zu einem Schornstein, aus dem kein Rauch mehr kam und ich kletterte ihr hinterher. Drinnen stand ein großer Teller voll köstlicher Leckerbissen: Brot, Käse, Fisch.
„Das sind meine Fahrscheine", erklärte die Möwe, „ich heiße übrigens Hyriam und ich liebe gute Geschichten. So wie alle Möwen! Deshalb krächzen wir uns auch den ganzen Tag die neuesten Neuigkeiten zu. Aber mir erzählt ja keiner was!"
Hyriam schnappte sich ein Stück Weißbrot, und ich begann zu erzählen, obwohl mein Magen laut knurrte: von meinen Eltern, von Caro-Line Mac Bleistein, von Frau Melzig und dem dF. Von Felix und Sofia, von RR, DD und Tyra und Tora.
„Du kannst einem ja richtig leidtun", Hyriam biss schmatzend in eine Sardine, „so ganz alleine ohne Familie!"
„Ich habe eine Familie. Ich weiß nur nicht, wo sie jetzt wohnen, und als karierter Kater will ich mich nicht sehen lassen, nicht solange der dF hinter mir her ist. Deshalb muss ich in Schottland diesen Angus finden, damit der mich zurückverwandelt." Immer mehr leckere Fahrkarten verschwanden in Hyriams gierigem Schnabel. „Was ist denn nun mit meiner Fahrkarte? Ist sie bezahlt?"

„Was? Oh ja, natürlich, natürlich“, Hyriam schob mir ein Stück Käse und eine Sardine zu, „und du hast keine Ahnung wo dieser Angus in Schottland wohnt?“
„Nein, aber du kannst ja deine Möwen-Familie fragen. Die kommen sicher viel herum!“
„Meine Familie?“ Hyriam fiel ein Stück blau-grauer Käse aus dem Schnabel, „ha, da kann ich nur lachen. Die da oben, die kenne ich nicht. Ich wurde auf dieser Fähre geboren und war noch nie an Land. Die da oben … das sind totale Angeber! Wie sie segeln und sausen! Wie sie sich in die Kurve legen! Und diese Menschen! Sie werfen ihnen Brot zu und freuen sich, wenn die Angeber es fangen! Mitten im Flug! Alles Angeber!“
„Aber Möwen sind Vögel und haben nun mal Flügel, um damit zu fliegen“, sagte ich beharrlich.
„Ach ja? Ich aber nicht“, krächzte Hyriam, „ich fliege nicht. Ich habe Flugangst!“ Es hörte sich an, als sei er auch noch stolz darauf.
„Jawoll! Das ist Tradition in meiner Familie. Alle hatten Flugangst. Meine Mutter hat mein Ei in eine Seilrolle gelegt, und als ich geschlüpft bin, hab ich ihr geholfen, Fahrkarten zu verkaufen. An mir kommt keiner vorbei, das kannst du mir glauben. Hunde, Katzen, na ja, die kommen selten alleine an Bord, aber Mäuse und Ratten und sogar Schlangen. Wer nicht zahlen will, den jage ich hinauf aufs Oberdeck. Sogar eine Biene war dabei – auch die musste zahlen. Ach, den Geschmack des Honigs habe ich noch immer im Schnabel!“
„Äh, Hyriam, warum fängst du dir keine Fische? Hier gibt‘s doch sicher genug.“
„Hörst du nicht zu, Mäusefänger?“ Hyriam funkelte mich wütend an. „Ich kann nicht fliegen! Nicht tauchen! Und nicht fischen. Ich habe Flug-, Tauch-, und Fischangst!“

Ich angelte schnell nach dem letzten Stück Weißbrot, denn Hyriam war grade so aufgeregt, dass er nicht hinsah.
„Aber würdest du es nicht gerne versuchen? Also, wenn ich Flügel hätte, ich wollt' wissen, wie sich das anfühlt. Es muss toll sein, da oben. Oder sind deine Flügel krumm gewachsen?"
„Wie bitte? Meine Flügel sind wunderschön", Hyriam breitete seine Flügel aus, die erschreckend groß waren, „freche Spatzen, die an mein Brot wollen, kann ich damit noch immer verjagen. Aber du hast recht. Manchmal würde ich schon gern wissen, wie es ist, da oben im Wind zu tanzen."
„Wenn du noch nie geflogen bist, kannst du nicht wissen, ob du Flugangst hast", überlegte ich „versuche es einfach. Hier auf der Fähre kann dir nichts passieren. Du flatterst ein paar Meter und landest wieder!"
Hyriam hüpfte auf die Reling und starrte auf mich herab. „Nun ja, wenn hier oben alles menschenleer ist, ja, da zuckt es schon unter meinen Federn. Aber die da oben, die Angeber, die werden mich auslachen, wenn ich so tollpatschig herumflattere!"
„Na und? Es ist immer jemand schadenfroh, wenn man anders ist als alle andern. Glaub mir, ich weiß das nur zu gut."
Ich dachte an Olaf und meine Gedichte. Schnell zog ich mit der Pfote das letzte Stück Sardine zu mir her, doch Hyriam achtete nicht darauf.
„Ja, du hast recht! Wie gerne würde ich einmal in diese Städte fliegen. Jahr um Jahr legen wir dort an und ich kenne nur zwei Häfen!"
Das letzte Stück Käse, sicher die Fahrkarte einer Maus, rollte wie von selbst vor meine Nase.
„Dann fangen wir gleich an zu üben", sagte ich, „nein, keine Ausrede: Jetzt, in der Nacht sehen deine Angeber-Verwandten dir nicht zu. Los geht's!"

Als am Morgen der Hafen von Newcastle in Sicht kam, sagten Hyriam und ich ‚good bye'. Zum Abschied schenkte ich ihm ein Gedicht.

Der weiße König der Lüfte

Wenn er sich in die Luft erhebt,
die Fähre nach Schottland erbebt.
Der König in Weiß zieht majestätisch seinen Kreis
er ist ein strenger Wächter mit großem Herz,
doch er lacht über so manchen Scherz.
Ein guter Gefährte, der meine Abenteuer gern hörte –
und den mein kariertes Fell nicht störte.

Ja, ich weiß, das Gedicht war super-schlecht. Hyriam freute sich trotzdem.
„Versprich, dass du weiterübst", ich stupste ihn mit der Pfote in den Federbauch.
„Klar, mach ich, mate. Ich flieg jetzt schon vom Heck bis zum Bug! Und die Angeber da oben lachen nicht mehr. Aber jetzt ist es Zeit für dich. Da vorn die Treppe runter ist Parkdeck Nr. 5. Wenn du den Bus verpasst, musst du ganz Schottland auf deinen vier karierten Pfoten ablaufen!"

Ich schlich zum Bus. Wieder hatte ich Glück, die Türen standen schon offen. Mein Schal war nicht da, also kroch ich gleich unter die hintere Sitzbank. Ah, da kamen ja schon meine Damen, meine ‚Ladys' wie es auf schottländerisch hieß.
Alle waren da – nur der Busfahrer fehlte. Vor uns fuhr ein Bus los und der hinter uns hupte nervös, als endlich unser Busfahrer angelaufen kam. Hyriam flog mir noch drei Meter hinterher, winkte und kehrte eifrig flatternd um.

Kapitel 21
Nassie

Der Bus schaukelte die Küstenstraße entlang, doch wir waren noch immer in England, wie ich die Damen erzählen hörte. Trotzdem redeten sie jetzt alle schottländerisch. Mir war das egal, denn ich verstand alles, obwohl ich im Englischunterricht nie was kapiert hatte. Wenn dieser Angus mich wieder in einen Jungen verwandelte, würde ich kein schottländerisch mehr verstehen. Plötzlich fiel vor meiner Nase ein Stück zusammengeklapptes Weißbrot auf den Boden. Käse und Schinken klebten dazwischen.

Für alle, die immer alles genau wissen wollen:
Das zusammengeklappte Weißbrot nennt man Sandwich, erfunden vom Earl of Sandwich – aber das ist eine ganz andere Geschichte ...

Während ich genüsslich kaute, sah ich aus dem Fenster. Hilfe! Was war das denn? Unser Bus fuhr auf der falschen Straßenseite! Zum Glück fuhren alle Autos, Busse und Lastwagen, die uns entgegenkamen, auch auf der falschen Straßenseite. Ich spähte aus meinem Versteck zum Busfahrer. Wieso trug er eine schwarze Brille. Ja, klar, er war blind! Kein Wunder, dass er auf der falschen Seite fuhr. Und wieso war er so still? Auf der Hinfahrt hatte er ständig ziemlich doofe Witze erzählt. Jetzt sprach er kein Wort mehr – jetzt nieste er. Meine Nackenhaare sträubten sich ... Ein sehr schlechtes Zeichen! Als der Bus sich mit quietschenden Reifen in die nächste Kurve legte, verrutschte die schwarze Brille und ich sah rotkarierte Augen blitzten. Am Steuer saß der dF!

Blitzschnell kroch ich unter den Sitz. Solange er den Bus fuhr, konnte er mir nichts tun, aber wenn er anhielt, musste ich sofort raus.

Es dauerte viele Stunden, bis der Bus auf einen Parkplatz rumpelte. Zischend öffneten sich die Türen, und die Damen drängten plappernd nach draußen. Der dF rieb sich die bratpfannengroßen Hände und stampfte nach hinten, zu meinem Versteck. Jetzt nur schnell raus hier, egal, ob mich jemand sah! Ich sauste zwischen den Beinen nach draußen.
„Habt ihr das gesehen? Da ist eine karierte Katze im Gebüsch verschwunden!"
„Ja, natürlich, Michaela! Sicher ist sie mit Nessie zum Tee verabredet. Du solltest wirklich keinen Whisky mehr trinken!"

Für alle, die immer alles genau wissen wollen:
Normalerweise sehen Menschen, wenn sie zu viel Whisky trinken, weiße Mäuse oder rosa Elefanten und keine karierten Katzen.

Ich sauste an einem Schild vorbei, auf dem ‚Welcome to Loch Ness' stand. Ja, ich erinnerte mich. Darüber hatte ich in meinem Schottland-Buch gelesen. Jetzt war ich endlich in Schottland! Das Loch war ein großer See, und darin lebte dieses Ungeheuer mit Namen Nessie. Aber das war nur Fantasy, Märchen für Erwachsene. Ich lief weiter und sprang kopfüber in einen Ginsterbusch am Uferrand. Die Damen spazierten mit gezückten Kameras dort entlang. Vom dF war nichts zu sehen. Wohin jetzt? Ich starrte in das grau-braune Wasser. Nirgendwo ein Ungeheuer zu sehen. Nur Wasser. Plötzlich kreischte eine der Damen. „Da, seht doch! Eine karierte Katze im Gebüsch!"

„Michaela, du brauchst dringend eine Brille!“
Ich kroch auf dem Bauch entlang hinunter zum Ufer, stolperte über eine Wurzel und rutschte mit dem Hinterteil ins Wasser. Igitt, meine Pfoten versanken im nassen Schlamm. Ich strampelte und paddelte, kam aber nicht frei. Plötzlich spürte ich, dass mich jemand hoch zum Ufer schob. Ich drehte mich um. Niemand zu sehen. Schnell kroch ich zwischen die tief hängenden Zweige eines Weidenbaumes, der am Ufer stand. Im Baumstamm war ein tiefer Spalt, der aussah wie der Eingang zu einer Höhle. Wohnte das See-Ungeheuer darin? Dann musste es aber ein ziemlich kleines Ungeheuer sein. Und warum plätscherte das Wasser, obwohl kein Wind wehte? Jemand kam angeschwommen. Nessie? Das Plätschern wurde immer lauter. Der Vorhang aus Zweigen öffnete sich, und Wassertropfen flogen mir um die Ohren.
„Hello, nice to meet you. Oh, lovely. Du bist kariert. Wie seltsam!“
Wer war hier seltsam? Vor mir stand eine Katze und sie war ... durchsichtig? Nein, falsch. Ihr Fell hatte genau die Farbe des Seewassers. Nur Augen und Nase schwebten als drei dunkle Punkte vor ihr her. Erst als sie sich an den Weidenbaum stellte, um die Krallen am Stamm zu wetzen, sah ich, dass sie sehr lange, dünne Beine hatte. Zwischen den Krallen schimmerten silberne Schwimmhäute.
„Sieh mich nicht so an! Ich bin kein Geist. Nur eine Katze, die Wasser liebt. Glaub mir, es hat lange gedauert, bis ich wusste, warum ich so lange Beine habe. Die anderen Katzen haben mich ausgelacht, bis mich ein Hund ins Wasser jagte. Da wusste ich, was meine Bestimmung ist: schwimmen! Ist das nicht toll? Mein Fell sieht genau aus wie das Wasser, und so fällt es keinem nicht auf, wenn ich eine Runde durch den See paddle. Als ich das erste Mal hier

beim Rückenschwimmen war, flog ich plötzlich nach oben, schwebte meterhoch über dem Loch. Das war vielleicht ein gruseliges Gefühl. Die Menschen am Ufer schrien und fotografierten. Ich hätte auch gerne geschrien, aber ich musste zuerst einmal sehen, wer da unter mir war!“
„Wer denn“, fragte ich schnell. Holte diese Wasser-Katze auch mal Luft?
„Na, du bist mir ja ein dummer Kater. Nessie natürlich! Ich saß auf ihrem Kopf. Sie war sehr nett und hat sich vielmals entschuldigt. Wir haben uns lange unterhalten. Sie kann einem richtig leidtun, die arme Nessie! Die hat nicht viel Spaß im Leben. Immer nur im kalten Wasser sitzen. Nie kann sie am Ufer spazieren gehen und sich in die Sonne setzen. Nie kann sie einen Einkaufsbummel machen und gemütlich eine Tasse Tee trinken! Sie sitzt nur am Grund des Sees und schläft oder starrt trübsinnig vor sich hin. Sie ist so traurig, dass sie keine Kraft mehr hat, nach oben zu kommen. Das Gekreische geht ihr schon seit Jahren auf die Nerven. Ich heiße übrigens Nassie. Verstehst du? Nassie und Nessie! Ist das nicht witzig?“
Ich wollte gerade fragen, was ein Seeungeheuer bei einen Einkaufsbummel kaufen will, doch Nassie plapperte schon weiter.
„Nessie hat mir von ihrem Traum erzählt: einmal in den Süden fliegen, im warmen Wasser tauchen und nachts am Ufer liegen und zu den Sternen sehen. Aber ich habe ihr erklärt, dass es sehr gefährlich für ein Seeungeheuer ist, sich nicht mehr blicken zu lassen!“
Ich starrte die plappernde Nassie an. Sie schwieg. Aha, jetzt durfte ich etwas sagen. „Äh. Ja. Warum ist das gefährlich?“
Nassie rollte mit den Augen. „Na, weil sie dann irgendwann ein vergessenes See-Ungeheuer ist. Ab und zu sollte

sie schon den Kopf aus dem Wasser strecken. Aber nein, sie will nicht! Arme Nessie! Hast du eine Idee?“
Ich starrte auf das Wasser im Loch Ness. Dort unten saß also ein trauriges See-Ungeheuer. Wenn das die Damen aus dem Bus wüssten! Wie sollte ich diesem Ungeheuer helfen? Dazu hätte ich es fragen müssen, genau wie RR, DD, Tyra und Tora ... aber nein. Ich wollte nicht tauchen. Schon als Klaus Zacharias war ich ein miserabler Schwimmer gewesen.
„Lass mich überlegen ... Wenn Nessie Urlaub will, dann braucht sie … Ja, sie braucht eine Vertretung. Jemand, der ihre Arbeit macht.“
Nassie warf mir einen schrägen Blick zu. „Und wer soll das sein? Siehst du hier vielleicht noch ein zweites See-Ungeheuer?“
„Ja, dich! Nessie und Nassie! Schon vergessen?“ Ich zeigte auf ein langes Holzstück, das im Uferschlamm lag, „zum Beispiel das Ding hier. Es sieht aus wie ein Hals. Halte es hoch und schwimm damit los!“
Zu zweit zerrten und zogen wir daran. An einem Ende gab es sogar eine Verdickung, die wie ein Kopf aussah. „Am besten schwimmst du damit herum, wenn es neblig ist. Dann haben die Touristen was zum fotografieren und niemand vergisst Nassie, äh, Nessie!“
Nassie wollte es unbedingt sofort versuchen. Sie schob das Holzstück hinaus auf den See. Dann tauchte sie und drückte den Nessie-Hals hoch aus dem Wasser. Die Sonne half mit, schob eine dicke, graue Wolke vor sich her und in dem Schatten über dem See sah das Holzstück aus wie ein langer Hals. Nassie schwamm auf die Damen zu, die noch immer am Ufer entlang spazierten und plötzlich brach ein Tumult los.

„Da! Da ist sie! Nessie!“ Das wilde Gekreische lockte auch den dF an. Er drängte sich zwischen den Damen hindurch, schob sie einfach beiseite, doch genau wie ich stolperte er über die Wurzel und klatschte kopfüber ins Wasser. Die Damen halfen ihm aufzustehen – obwohl er solch ein Rüpel gewesen war.
„Hallo, Herr Busfahrer, haben Sie Nessie auch gesehen?“ Jetzt stand der dF eingeklemmt zwischen den aufgeregten Damen. Ich sah seine Augen zornig aufblitzen und freute mich diebisch.
„Michaela, sieh nur! Unser Busfahrer hat karierte Augen“, kreischte eine Dame los, „schnell ein Foto. Sind Sie ein echter Schotte? Haben die alle karierte Augen?“
Der dF suchte nach seiner schwarzen Brille. Er ballte wütend die bratpfannengroßen Hände und sauste die Uferböschung hinauf. Die Damen folgten ihm aufgeregt.
„Halt, stehenbleiben. Wie kommt man zu karierten Augen? Kann man die hier kaufen?“ Ich kicherte in meinem Versteck. Jetzt musste sogar der dF flüchten!

„Das mit der Vertretung ist eine tolle Idee!“ Nassie saß wieder neben mir und leckte ihr Fell trocken. Dann wollte sie alles über den karierten Klaus wissen und ich erzählte alles von der Flucht bis zur Fähre, und stellt euch vor, Nassie lauschte, ohne mich ein einziges Mal zu unterbrechen.
Doch kaum war ich fertig, plapperte sie wieder los. „Mach dir keine Sorgen wegen deinem Fell! In Schottland lieben sie alles Karierte. Man nennt das Muster Tartan. Jede Großfamilie, jeder Clan, hat seine eigenen Farben und Muster.“
„Welche Familie hat denn mein Muster“, fragte ich schnell dazwischen, „gibt es noch mehr karierte Katzen? Kennst du vielleicht einen Angus?“

„Nein, karierte Katzen gibt es keine in Schottland", Nassie schüttelte bedauernd den Kopf, „aber wenn du ein verzauberter Mensch bist, musst du deinesgleichen fragen. Ihr Menschen habt doch Bücher, in denen alles steht. Am besten, du gehst nach St. Irgendwo zu Griselda Mac Dingsbums. Oh, sie ist eine wunderbare Köchin und Bäckerin. Sie kann dir sicher helfen! Und wenn sie deinen Angus nicht kennt, dann bekommst du auf jeden Fall was Leckeres zum Futtern. Griselda kocht wie ein Engel singt! Als ich noch eine normale Dorfkatze war, hab' ich jeden Abend bei ihr um Futter gebettelt – und immer stand etwas für mich bereit!"

Nassie kam näher. „Du gefällst mir, karierter Kater. Du bist nicht so langweilig wie die anderen. Findest du mich hübsch? Hast du eine Freundin?"

Hilfe, was war jetzt los? Ich schluckte und musste an Lily denken.

„Äh, nein. Ja. Als ich ein Junge war, hatte ich eine Freundin. Na ja, fast ... ich weiß nicht so genau ...!" Ich redete ziemlich dummes Zeug!

Blitzschnell stieß Nassie ihre Nase gegen meine. „Sogar deine Augen sind grün-blau kariert. Warum willst du überhaupt wieder ein Mensch werden? Wir könnten hier zusammen berühmt werden. Du setzt dich als karierte Fellmütze auf den Kopf des Holzstabes. Das wäre eine sensationelle Sensation!"

Nein, nein, nein! Von sensationellen Sensationen hatte ich genug, und der dF war mir sicher noch auf der Spur. Bevor ich etwas sagen konnte, antwortete mein Magen mit einem lauten Knurren. Echt peinlich, aber Nassie zwinkerte mir zu. „Komm mit in meine Höhle. Die letzten Busse sind abgefahren. Nessie und Nassie haben jetzt frei. Du kannst mit mir essen. Äh, da fällt mir ein: Hat schon jemand versucht, dich mit einem Kuss von dem Zauber zu erlösen? Wie im Märchen?“

Wieso hatte ich plötzlich mehr Angst vor Nassie als vor dem dF?

„Ich glaube, ich gehe gleich los. Dieser dF schleicht bestimmt noch da draußen herum!“ Ich wollte mir den Namen dieser Griselda aufschreiben, merkte aber, dass ich Block und Stift verloren hatte.

Nassie erklärte mir nochmal, wie ich nach St. Irgendwo kam. Ich murmelte ‚good bye‘ und machte mich auf den Weg zu Griselda Mac Dingsbums.

Kapitel 22
Griselda

Ich verkroch mich in einem riesigen Farn am Wegesrand um etwas zu schlafen. Bei Sonnenaufgang lief ich, genau wie mir Nassie gesagt hatte, immer geradeaus die Straße entlang. Endlich tauchte zwischen zwei Hügeln eine Kirchturmspitze auf, und an einem Baum hing ein hölzernes Schild, auf dem ‚St. Irgendwo' stand. Die Straße schlängelte sich an kleinen, steinernen Häusern entlang. Plötzlich öffnete sich eine grün-gestrichene Holztür und eine ältere Dame trat heraus. Als sie mich sah, bückte sie sich und kraulte mir die Ohren. „Was für ein hübscher Kater", flüsterte sie, dann ging sie weiter. Ich starrte ihr hinterher. Kein Gekreische, keine Aufregung, keine Fotos von meinem karierten Fell? Und auch alle andern Schottländer und Schottländerinnen, die jetzt die Straße entlang kamen, blieben stehen und bewunderten mich. Aber niemand versuchte, mich zu packen und einzusperren. Ich staunte über die vielen Dinge, die kariert waren. Hier waren sie genauso verrückt wie Caro.

Für alle, die immer alles genau wissen wollen:
Alle Schottländer und Schottländerinnen trugen etwas kariertes: Westen, Röcke, Hosen, Halstücher, Schals, Taschen, Strümpfe oder Mützen.
Nur karierten Nudelsalat und karierte Mülltonnen gab es nicht.

Ich lief weiter bis zu einem verrosteten Blechschild, das hoch oben an einer schmutzig-grauen Hauswand baumelte. ‚Bei Griselda' stand darauf, wobei das ‚i' und das ‚e' kaum zu sehen waren. Ich las ‚Bei Grslda'.

An der blitzsauberen, weißen Haushälfte links daneben hing ein Korb mit weißen und blauen Blumen. Daneben war ein Schild, auf dem in goldenen Buchstaben ‚Bei Betty' stand. Jeder einzelne Buchstabe schimmerte blitzblank in der Sonne.

Für alle, die immer alles genau wissen wollen:
In Schottland und England hängen über den Gaststätten bunt lackierte Schilder oder Figuren mit Namen wie ‚zum lahmen Hund' oder ‚zur explodierten Torte'.
‚Bei Grslda' oder ‚Bei Betty' hörte sich echt langweilig an!

Die Tür zu ‚Grslda' war geschlossen. Ich sprang aufs Fensterbrett und spähte nach drinnen. Es war nichts zu sehen, denn es waren die schmutzigsten Fensterscheiben, die ich je gesehen hatte. Meine Mutter hätte einen Kreisch-Putz-Anfall bekommen.
Plötzlich öffnete sich die Tür, und eine junge Frau mit wilden roten Locken und blitzenden, grünen Augen stampfte heraus. Sie zerrte eine große Tafel hinter sich her, die sie gegen die Hauswand knallte. ‚Today Fish and Chips / also Fischstäbchen und Pommes' war darauf zu lesen. Ob diese rothaarige Schottländerin Griselda war? Mit ihrer speckigen Schürze, die voller dicker, grauer Fettspritzer war, wischte sie sich über die Stirn. Sie hatte rundliche Pausbäckchen und ein entzückendes Doppelkinn. Sie schnaufte vor Anstrengung, was kein Wunder war, denn sie war ziemlich mollig-mopsig. Wenn sie wirklich so eine tolle Köchin war, musste sie sicher viel probieren. Ich war sofort in sie verliebt!
Jetzt öffnete sich auch die blitzblanke Tür daneben, und eine junge, sehr dünne Frau mit roten, glatten Haaren stell-

te eine Tafel hinaus, auf der auch ‚today fish and chips' stand.
Die beiden blitzten sich zornig an, dann drehte sich die dünne um und knallte die Tür zu. Griselda wollte auch gehen, und ich miaute schnell. Sie kam näher, und ich roch gebratenen Fisch. Meine Schnurrbarthaare zitterten vor Hunger.
„Na so was! Ein karierter Kater!" Sie kraulte meine Ohren. Das fühlte sich toll an, aber peinlich, peinlich, mein Magen knurrte lauter als ich schnurren konnte.
„Armer Kleiner, warte einen Moment!" Sie ging ins Haus und kam mit einem Teller voll köstlich duftendem Hering zurück. Ich sprang vom Fensterbrett und verschlang alles gierig.
„Na so was, sogar die Zunge ist kariert", flüsterte Griselda entzückt, „willst du nicht hereinkommen?"
Klar wollte ich das. Deshalb war ich ja hier. Ich stakste ihr hinterher und sofort kitzelte etwas meine Nase. Ich nieste dreimal, denn Griseldas Teestube war staubig, düster und ungemütlich. Die Stühle lehnten krummbeinig an alten Holztischen. Ich konnte die Holzwürmer darin nagen hören. Als ich auf einen der Stühle sprang, wackelte er bedenklich. Hier wollte niemand lange sitzen; noch nicht einmal ein müder Kater.
Dicke Teetassen und Kannen, von denen die Farbe abblätterte, standen auf einem schiefen Holzregal. Im Schein eines Kaminfeuers, das in einer Ecke prasselte, schimmerte eine gläserne Kuchentheke. Die war blitzblank und voller herrlicher Kuchen und Torten. Ich leckte mir seufzend die Schnurrhaare. Als Katze mochte ich zwar keinen Kuchen, aber als ich noch Klaus war, liebte ich Erdbeerkuchen. Und Mohrenkopfkuchen. Und überhaupt alle Kuchen. Wie wunderbar wäre es jetzt, vor dem Feuer zu liegen, etwas

Sahne zu schlecken und ein ausgiebiges Schläfchen zu halten. Ohne Angst vor dem dF.
Griselda schien meine Gedanken zu lesen. Sie warf ein löchriges Kissen vor den Kamin und klopfte darauf. Eine Staubwolke stieg auf und ich nieste wieder.
„Hier mein Kleiner, du siehst aus, als müsstest du dich ausruhen!“ Rasch begann ich mit einer schnellen Katzenwäsche und rollte mich zusammen. In dieser schmuddeligen Teestube würde der dF mich sicher nicht suchen.
Als ich wieder aufwachte, hatte sich noch kein einziger Schottländer und keine einzige Schottländerin sehen lassen, um bei Griselda zu essen.
„Möchtest du noch ein Stück Fisch, bevor ich wieder alles in mich reinstopfte“, Griselda kam aus der Küche gestampft und knallte mir einen Teller vor die Nase. Ich schnupperte begeistert: Nassie hatte nicht zu viel versprochen. Ruckzuck war der leckere Fisch verschwunden, und ich schleckte mir den letzten Rest Sahnesoße aus den Barthaaren. Ich erinnerte mich daran, was ich Griselda ausrichten sollte. Aber wie mit ihr reden?
Plötzlich sah ich etwas auf dem Tisch liegen. Etwas, was ich schon lange nicht mehr gesehen hatte. Ein glänzendes Mobil-Telefon! Ich sprang daneben und stupste es mit der Pfote an.
„Willst du jemanden anrufen?“ Griselda kicherte, doch ich schüttelte den Kopf. Sie sah mich erstaunt an. „Du verstehst mich?“ Ich nickte und sie schaltete das Telefon ein und legte es mir vor die Pfoten. Ich kniff die Augen zusammen und stupste mit der Kralle einen Buchstaben nach dem andern an – in Englisch!

„Ich bin ein verzauberter Junge und kann nicht mehr sprechen. Soll Grüße von Nassie ausrichten. Das ist die Katze, der du jede Nacht den Napf gefüllt hast. Sie kommt nicht mehr, weil sie Urlaubsvertretung für Nessie macht. Kennst zu zufällig einen Angus? Weißt du, zu welchem Clan mein Fellmuster gehört?"

Die Antwort war ein dumpfes Krachen. Griselda plumpste vor Schreck auf einen der morschen Stühle, der zusammenkrachte. Sie suchte sich einen neuen Stuhl, und ich tippte und tippte, bis Griselda alles wusste, was passiert war. Zuerst ging sie in die Küche und brühte sich einen starken Tee.

„Einen düsteren Fremden habe ich nicht gesehen, und einen Angus kenne ich auch nicht. Wegen deinem Fell-Muster müssen wir in unserer Bücherei nachfragen. Die Dame, die dort arbeitet, weiß alles über die Clans. Hilfe, ich spreche mit einer karierten Katze. Oder träume ich?"

„Nein, du bist wach", tippte ich, „warum kommt keiner zum Essen zu dir? Nassie sagt, du kochst wie ein Engel singt!" Griselda schlug die Hände vors Gesicht und weinte.

‚Wieso weint sie jetzt', wunderte ich mich, ‚das war doch ein cooler Spruch!'

Um sie zu trösten, rieb ich mein Gesicht schnurrend an ihren Händen.

„Sieh dich doch um", Griselda sah mich aus verquollenen Augen an, „ich kann Kuchen backen, leckere Desserts zaubern, Kekse, Pfannkuchen, Sandwiches, Weincremes, Scones und Biskuits, saftige, würzige Sandwiches, belegt mit Hühnchen, Lachs und Blauschimmelkäse", mein Magen knurrte wieder, „aber Putzen und Aufräumen sind mir ein Graus! Deshalb gehen die Gäste zu Betty! Zu der fröhlichen, tanzenden Betty und ihrem fröhlichen, singenden Jack mit seiner Geige. Und weil kein Gast kommt, stopfe ich alles in mich hinein und werde immer dicker", Griselda

schnäuzte sich geräuschvoll die Nase in ihre schmutzige Schürze, „aber ich sage dir, Jack schleicht oft zu mir, denn seine Betty kann singen und schön reden, aber kochen kann sie nicht! Ah, da kommt er schon!“
Vor dem schmutzigen Fenster tauchte ein wuscheliger, schwarzer Haarschopf auf. Ich verzog mich unter den Tisch, und gleich darauf öffnete sich zaghaft die Tür.
„Na, Jack, hast du Hunger? Ich hol’ dir was.“ Griselda stampfte in die Küche, und der junge Mann setzte sich auf einen der wackligen Stühle, doch die Tür öffnete sich schon wieder.
„Hallo Betty“, Griselda kam mit einem Teller voll Fisch und goldbraunen Kartoffelstücken aus der Küche, „hast du auch Hunger oder willst du eines meiner Rezepte stehlen?“
„Ich suche Jack“, die dünne Betty packte den jungen Mann am Ohr, „was hast du hier zu suchen?“
Griselda knallte den Teller auf den Tisch und stemmte die Arme in die Hüften. „Er hat Hunger!“
„Wir haben auch ein Pub. Ein sauberes Pub. Dort kann er essen“, knurrte Betty, doch der Duft aus Jacks Teller stieg ihr in die Nase und ihr Magen knurrte.
„Du solltest auch essen“, sagte Jack, „du bist viel zu dünn!“
Jetzt ließ Betty den Kopf hängen und weinte. Sogar ihre Tränen waren dünner als die runden, dicken Tropfen aus Griseldas Augen.
Ich hielt es unter dem Tisch nicht mehr aus. Diese Schottländerinnen waren ständig am weinen und noch verrückter als Hyriam und Nassie zusammen! Als Betty mich sah, hüpfte sie kreischend auf Jacks Schoss. Das war zu viel für den alten Stuhl und knirschend brach auch er zusammen.
„Wie seltsam“, rief Betty, „eine karierte Katze!“

„Ist das Fell echt?“, Jack zog plump an meinem Schwanz. So eine Frechheit! Fauchend fuhr ich herum und kratzte ihn.
„Ja, alles an ihm ist echt!“ Griselda kraulte mich beruhigend, doch ich knurrte. Eine Katze am Schwanz zu ziehen war sehr, sehr unhöflich.
„Du Grobian, du musst dich entschuldigen“, sagte Betty und Jack murmelte. „Tut mir sehr leid, Herr Kater.“
„Mein Name ist Klaus Kariert, man nennt mich KK“, tippte ich in Griseldas Telefon. Griselda lachte über Bettys und Jacks verdutzte Gesichter und plumpste auf den letzten Stuhl, der sofort zusammenkrachte. Betty und Jack stellten Griselda wieder auf die Füße.
„Er sucht nach einem Angus und will wissen, zu welchem Clan sein Fell gehört!“ Griselda erzählte ihnen alles was ich ihr erzählt hatte.
„... und wenn ihr einen Fremden mit karierten Augen und bratpfannengroßen Händen seht, müsst ihr mich warnen“, tippte ich rasch.
Betty nickte und zupfte Jack am linken Ärmel.
„Komm, lass uns gehen.“ Doch Griselda zerrte an Jacks rechtem Ärmel. „Lass ihn doch essen, wenn es schon vor seiner Nase steht ...!“
Der Streit ging schon wieder los! Ich tippte ‚Warum streitet ihr?‘
„Wegen ihr hab’ ich keine Gäste“, Betty zeigte auf Griselda..
„Wegen ihr hab’ ich keine Gäste“, Griselda zeigte auf Betty.
„Warum tut ihr euch nicht zusammen“, tippte ich, „eine kann kochen und backen, die andere kümmert sich darum, dass es sauber und gemütlich ist!“

„Genau“, Jack klatschte sich die Hand gegen die Stirn, „der Kater hat recht! Wir brechen die Wand durch. Wer tanzen und trinken will, der geht zu Betty, und wer Hunger hat, geht auf Griseldas Seite, und mittendrin stehe ich und versorge alle mit Getränken.“
Griselda und Betty starrten Jack an, der rasch den Kopf zwischen die Schultern zog. Gingen die Zwei jetzt gleich auf ihn los? Doch Griselda und Betty standen nur da und sahen sich an.
„KK, du bist der schlaueste Kater, den ich je gesehen habe“, sagte Griselda, „was sagt du, Betty?“ Sie streckte ihr die Hand entgegen und Betty schlug ein.
Wieder einmal war ich unglaublich stolz auf mich. Ich war der super-coole Cat-Man, ob auf deutsch oder schottländerisch!

Gleich am nächsten Morgen schwang Jack den Hammer, und die Mauer zwischen Pub und Teestube verschwand. Drei Tage lang wischten und putzen sie. Dann schleppte Jack einen Maurer und einen Tischler an. Betty wollte neue Bezüge für die Stuhlkissen nähen und stand noch unentschlossen vor den Stoffmustern, als sie plötzlich einen schrillen Schrei ausstieß. Ich schnarchte gerade auf der Fensterbank. Hatte sie draußen den dF gesehen?
„Ich hab’ eine tolle Idee! Unser Pub soll ‚Zum karierten Kater‘ heißen!“ Betty zeigte auf mich. „Und hier drin muss ALLES kariert werden!“
Griselda runzelte die Stirn. „Ja, aber wer soll das machen? Und für neue Möbel haben wir kein Geld.“
„Nein, wir behalten meine Möbel“, Betty strich liebevoll über die Lehne eines alten Stuhls. Ich sah, dass die Stuhlbeine in dicken Löwentatzen endeten. Sogar Krallen blitzten hervor.

„Die werden gestrichen und bekommen karierte Kissen. Alles hier wird kariert. Griselda, geh' in die Küche und überlege dir ein Rezept für einen karierten Kuchen!"
Ich musste Modell sitzen. Sie pinselten, malten und klecksten, und endlich gab es den ersten, schottländerisch-karierten Stuhl. Ein karierter Stuhl war mindestens so verrückt wie karierter Nudelsalat.

Nach einer Woche glänzte alles im neuen Pub. Ein letzter Duft nach frischer Farbe schwebte durch die weit geöffneten Fenster hinaus. Ich sprang hinauf zur Fensterbank und sah mich um. Caro hätte es hier gefallen: Tische, Stühle, Kissen, Vorhänge: alles war rot-schwarz-gelb-grün-blau kariert! Wenn ich auf meinem grün-blauen Kissen vor dem Kamin lag, war ich sozusagen unsichtbar!
Am nächsten Tag sollte die feierliche Eröffnung vom ‚Karierten Kater' sein.

Kapitel 23

Die Eröffnung

Schon früh am Morgen sausten alle aufgeregt hin und her. Als Jack die blau-grün-karierte Torte zur Kuchentheke schleppte, trat er mir auf die Schwanzspitze. Das tat höllisch weh und ich kreischte laut. „Schafft mir diesen Kater aus dem Weg“, fluchte Jack.
„Das meint er nicht so“, Griselda kraulte mir beruhigend die Ohren, „wir sind alle schrecklich nervös, weil wir nicht wissen, ob unseren Gästen das karierte Pub gefallen wird. Vielleicht ist es doch ein wenig zu viel kariert. Übermorgen gehen wir Zwei zur Bücherei und suchen nach deinem Fellmuster. Die Bücherei-Dame kann uns sicher helfen! Vielleicht hilft uns auch der Schlüssel an deinem Halsband weiter.“

Für alle, die immer alles genau wissen wollen:
Mit ‚Bücherei-Dame‘ meinte Griselda natürlich die Bibliothekarin. Sie dachte sicher, dass ich das Wort nicht verstehen würde. Aber das wusste sogar ich. Sogar noch als Kater.

Um Punkt 12 Uhr standen Griselda, Betty und Jack feierlich beieinander, nahmen sich bei den Händen und wünschten sich viel Glück. Dann drehte Jack das karierte Schild an der Tür um. Jetzt stand nicht mehr ‚wegen Umbau geschlossen‘ da, sondern ‚heute Eröffnung‘.
Zwei und eine halbe Minute später schepperte die Türglocke zum ersten Mal – und dann stand sie nicht mehr still. Alle Bewohner von St. Irgendwo (Anywhere) strömten herein, gefolgt von den Bewohnern des nächsten Dorfes St. Nirgendwo (Nowhere) und des übernächsten Dorfes, des-

sen Namen ich vergessen habe ... denkt euch selbst einen aus ...

Alle plapperten, schwatzten und redeten gleichzeitig auf Betty und Jack ein, die sich hilfesuchend nach Griselda umsahen. Doch die war vor Aufregung in ihre Küche geflohen. Ich blieb auf meinem blau-grünen Kissen sitzen und rührte mich nicht.
Jack servierte ‚welcome-drinks' und Betty plauderte, plapperte und lächelte. Dann hielt ihr jemand Mikrophon und Kamera vor die Nase, und Betty rief energisch nach Griselda, die widerstrebend aus der Küche kam. Alle drei stellten sich links und rechts neben die grün-blau karierte Torte. Griselda zwinkerte nervös.
„Es ist uns eine große Ehre", sagte sie mit zittriger Stimme, „Ihnen jetzt unsere Hauptattraktion vorzustellen. Loch Ness hat seine Nessie (ha, ha, dachte ich) und St. Irgendwo einen ganz besonderen Kater: Mr. Klaus Kariert!"
Sie zeigte zum Kamin. Dort gab es nichts zu sehen, außer einem blau-grün karierten Kissen. „KK, bitte komm zu mir!" Mit zittrigen Pfoten kroch ich vom Kissen.
Ohh's und Ahh's ertönten, und die Schottländerinnen kreischten ‚wie süß, lovely!' Dann zupften sie an meinem Fell, um zu testen, ob es auch echt war. Ein Mann behauptete lachend, sie hätten mich wohl aus Versehen mit angemalt. Fotoapparate und Kameras blitzten. Endlich setzten sich die Gäste auf die karierten Stühle mit den karierten Kissen an die karierten Tische mit den karierten Tischdecken und wollten nur noch essen und trinken.
Griselda, Betty und Jack sausten hin und her, die Flügeltür zur Küche flappte auf und zu wie das Maul eines großen Fisches, der auf dem Trockenen lag. Niemand achtete auf mich. So schnell war es vorbei mit dem Ruhm, aber mir

war es recht. Ich sauste in die Küche, wo schon ein gefüllter Napf stand. Lecker, Huhn in Sahnesoße. Griselda hatte mich nicht vergessen.
Satt und müde schlich ich die Treppe hinauf zu meinem Schlafkorb. In dieser Nacht träumte ich von Griselda. Sie küsste mich, und ich verwandelte mich wieder in einen Jungen, gutaussehend, groß und stark, schlau und mutig. Griselda verliebte sich sofort in mich. Wir besuchten diesen Angus, der uns sein prächtiges Schloss schenkte. Dann kam Nassie, die Nessie alleine in ihrem Loch sitzen ließ. Sie war eifersüchtig auf Griselda, riss ihr die roten Haare aus – und dann küsste sie mich. Und ich verwandelte mich wieder zurück in einen karierten Kater!

Als ich am nächsten Morgen in die Küche schlich, fühlte sich der Traum von Nassie noch ziemlich echt an. Misstrauisch sah ich mich um. Nur Griselda und Betty saßen vor ihren dampfenden Teetassen. Ihre Gesichter waren hinter Zeitungen versteckt. ‚Sensation in St. Irgendwo‘ stand da in riesigen Buchstaben und das Foto einer blau-grün karierten Katze starrte mich an.
„Guten Morgen, berühmter KK“, Griselda legte die Zeitung weg, „stell dir vor, hier steht, dass ich eine der besten Köchinnen Schottlands bin! Was für ein Glück, dass du zu uns gekommen bist! Wie wäre es mit Frühstück?“
Irgendwie fand ich es nicht gut, schon wieder berühmt zu sein. Sogar der leckere Geruch meiner Frühstücks-Sardinen konnte mich nicht fröhlich stimmen. Wenn der dF noch in Schottland war, las auch er die Zeitung – und dieses riesige Foto war nicht zu übersehen.

Kapitel 24

Miss Read-Abook

Am nächsten Morgen packte Griselda frische Scones und eine Kanne Tee in einen Picknickkorb, und wir machten uns auf den Weg zu der schlauen Bücherei-Dame.
Griselda lief schnell voraus. In der Aufregung der letzten Tage hatte sie keine Reste mehr in sich hinein gestopft und war viel schlanker geworden. Die Bücherei lag ganz oben am Ende einer steilen Gasse, die ‚Steile Gasse' hieß. Auf dem Weg erzählte sie mir, wieso St. Irgendwo überhaupt eine eigene Bücherei hatte: Der ehemalige Besitzer des Schwarzen Hauses vererbte den Bürgern von St. Irgendwo sein Haus. Aber nur unter der Bedingung, dass aus seinem schwarzen Haus niemals eine Bücherei werden durfte. Er hasste Bücher.
Doch die St. Irgendwoler waren alle begeisterte Leser, aber leider besaß jeder nur ein Buch, und das hatten sie sich gegenseitig schon ausgeliehen.
Im Keller des Schwarzen Hauses fanden sie Kartons voller Bücher, genug um eine Bücherei zu füllen, aber der Besitzer hatte es ja verboten. Bis ein schlauer St. Irgendwoler auf die Idee kam, dass das Schwarze Haus ja inzwischen nicht mehr schwarz war, sondern von Sonne und Regen ausgewaschen und hellgrau aussah. Also malte sie das Haus blau an, zimmerten Regale und schleppten die Bücher aus dem Keller, um sie zu lüften. Am Tag, als die Bücherei eröffnet wurde, gab es eine Schlägerei, bis ihnen die Bibliothekarin erklärte, dass es ab jetzt genug Bücher für alle gab.
Als wir ganz oben an der Steilen Gasse ankamen, lehnte neben der blauen Eingangstür ein klappriges, blaues Fahrrad an der Mauer. „Das Fahrrad gehört der Bibliothekarin Miss Read-Abook", erklärte mir Griselda.

Für alle, die immer alles genau wissen wollen:
Ihr könnt euch denken, was jetzt mit dem schwierigen Namen von Miss Read-Abook geschieht? Genau ...

Miss RAB thronte hinter einem riesigen Schreibtisch. Ihre Haare schimmerten blau-lila. Sie trug eine himmelblaue Bluse mit hellblauen Tupfen, eine dunkelblaue Jeans und mitternachtsblaue Turnschuhe. Ihre Lieblingsfarbe war grün.

NEIN, reingelegt, natürlich war es blau! Ich wollte nur wissen, ob hier alle aufpassen.

Natürlich hatte Miss RAB über den berühmten KK schon in der Zeitung gelesen. Aber jetzt sah sie mich lebendig und in echt vor sich. Ihre blauen Augen hinter der blauen Brille wurden noch größer, und die Brille rutschte ihr von der Nase. Übrigens war ihre Nase lang und schmal gedrückt, weil sie sie immer in dicke Bücher steckte und vergaß die Nase herauszuziehen, bevor sie das Buch zuklappte.
„Ich möchte gerne wissen, zu welchem Familienclan das Fellmuster des Katers gehört", sagte Griselda, „sicher vermisst ihn dort jemand. Und ob es dort einen Angus gibt."
Miss RAB stand auf und kraulte meine Ohren. Ich liebte Miss RAB sogleich, denn sie wusste, wie man Katzenohren kraulte. Leider nur kurz, dann ging sie zu einem der Bücherregale und zog fünf dicke Wälzer heraus, die sie zusammen mit Griselda zu ihrem Schreibtisch schleppte.
„Hier drin", schnaufte sie, „steht alles, was es über Tartans zu wissen gibt!"
Beide blätterten eifrig los, nur unterbrochen vom Klirren ihrer Teetassen. Ich streifte inzwischen die Bücherregale

entlang. Hier gab es Unmengen von Holzwürmern. Ich hörte sie nagen, aber das musste Miss RAB nicht wissen.
„Nein, sein Fellmuster ist nicht dabei“, sagte Miss RAB endlich, „und ein Angus’ Mac Bleistein ist auch nicht zu finden! Und wenn Angus Mutter jemals verheiratet war, hatte sie einen anderen Namen. Dieser winzige Schlüssel könnte sicher helfen, wenn wir wüssten, was er aufschließen soll. Vielleicht ist es auch nur ein Glücksbringer.“
Miss RAB versprach, sofort ins Pub zu kommen, wenn sie etwas Neues heraus fand. Griselda lieh sich noch einen Krimi aus, in dem die Köchin alle Gäste vergiftete, die sich über ihr Essen beschwerten.
Enttäuscht lief ich hinter Griselda die Steile Gasse hinunter. Wie ging es jetzt mit meiner Suche nach Angus weiter? Mein Magen knurrte schon wieder, und fast hätte ich überhört, dass ein Ginsterbusch am Wegrand nieste. Es war ein sehr großer Busch und er nieste gleich ein zweites Mal. Ich wollte Griselda um ihr Telefon bitten, um sie zu fragen, ob es in Schottland niesende Ginsterbüsche gab. Aber sie lief immer schneller. Erstens, weil es abwärts immer immer schneller geht und zweitens, weil sie pünktlich zurück in ihrer Küche sein musste. Aber auch ohne zu fragen war ich sicher, dass es nicht normal ist, dass ein Ginsterbusch nieste.

Kapitel 25

Der düstere Fremde

Am nächsten Morgen öffnete sich die Eingangstür zum Pub schon früh. Doch die silbernen Glöckchen über der Tür blieben stumm. Als ich aus der Küche schlich und ums Eck spähte, wusste ich warum. Zum Glück lag ich nicht auf meinem Kissen vorm Kamin, denn im Türrahmen stand der dF. Seine linke, bratpfannengroße Hand hatte die Glöckchen zum Schweigen gebracht.

Seine Haare waren jetzt grau-weiß. Die schwarze Brille brauchte er nicht mehr, denn in seinen Augen war nur noch ein winziger, zartrosa karierter Fleck zu sehen. Langsam ging er die karierte Wand entlang und betrachtete die Zeitungsausschnitte über die Eröffnung. Ich zitterte vor Angst. Musste ich jetzt wieder weglaufen?

Griselda kam aus der Küche und sah mich am Boden kauern. Ich hob die Pfote, zeigte zum dF und legte die Pfote über meinen Mund.

Griselda nickte und ging zu ihm. „Entschuldigung, ich hab' die Türglocke nicht gehört. Muss sich wohl verklemmt haben!" Ihr Lächeln verschwand, als der dF einen Schritt auf sie zuging. Sein graues Gesicht sah aus, als starre man auf eine Nebelwand.

Er betrachtete Griselda von oben bis unten und ließ sich auf einen karierten Stuhl fallen. Dann winkte er sie mit einer müden Handbewegung zu sich. Oh, das konnte Griselda überhaupt nicht leiden! Langsam, sehr langsam kam sie näher und klatschte ihm die Speisekarte auf den Tisch.

‚Sie kann ihn nicht leiden', freute ich mich.

„Tee oder Kaffee", fragte sie schnippisch, „vielleicht ein Sandwich dazu? Mein Zitronen-Butterkuchen kommt gerade erst aus dem Ofen und ist noch zu warm, und für Mit-

tagsessen ist es noch zu früh." Der dF winkte unwirsch ab. „Ich esse niemals Kuchen!"
Meine Nackenhaare sträubten sich wie immer, wenn der dF in der Nähe war. Seine Stimme klang noch immer wie ein Blecheimer, der einen steinernen Weg hinunter schepperte. Als ob er Kieselsteine anstatt Zähne im Mund hatte, mit denen er die Worte zermahlte, bevor er sie aussprach. Und außerdem:

Für alle, die immer alles genau wissen wollen:
Jemand, der keinen Kuchen mag ... mit dem muss doch etwas nicht stimmen, oder?

Griselda dachte genauso. Sie brummelte ärgerlich ‚Ich bringen Ihnen Tee' und kam zurück in die Küche. Aufgeregt lief ich hin und her, miaute leise.
„Keine Sorge", Griselda knallte den Teekessel auf den Ofen, „bleib' hier in der Küche. Den werde ich los!"
„Wo steckt denn Ihr Kater", fragte der dF knirschend, als ihm Griselda die Tasse Tee auf den Tisch knallte. Der Tee schwappte über und bildete eine braune Pfütze auf dem Unterteller. Normalerweise hätte Griselda jetzt gesagt ‚Verzeihung, ich bringe Ihnen eine neue Tasse'. Doch sie stand nur da und starrte den dF an, und der dF starrte Griselda an.
„Ich zahle Ihnen Geld für den Kater! Viel Geld!"
„Welcher Kater? Hier drin dürfen keine Tiere sein! Sind Sie vom Gesundheitsamt oder so was?"
Der dF streckte einen Finger aus und zeigte auf die Zeitungsausschnitt an der Wand.
„Ach, DIESER Kater! Der hat sich nur am ersten Tag hier blicken lassen. Wir haben ihn eingefärbt, als besondere Überraschung für unsere Eröffnungsfeier. Eigentlich war er nur eine ganz normale, getigerte Katze. Ein Streuner,

blieb nur bis der Bauch voll war. Heute hier und morgen weg! Wie wäre es mit einem Sandwich? Ist auch garantiert nicht kariert!“

Ich saß hinter der Küchentür und schnurrte leise. Oh, Griselda, du schlaue, gewitzte, wunderschöne Griselda!

Der dF ballte die bratpfannengroßen Hände zu Fäusten und stand auf. Er war einen Kopf größer als Griselda, doch in diesem Moment ging die Tür auf und Jack und Betty kamen vom Einkaufen zurück. Der dF verschwand, noch bevor sie ihn richtig gesehen hatten.

Kapitel 26

Die Entführung

Am nächsten Tag schrillte um 11 Uhr 15 das altmodische Telefon auf der Kuchentheke. Griselda nahm den Hörer ab. „Hier spricht Eulalia Read-Abook", krächzte es so laut, dass ich mithören konnte, „ich habe etwas über die Familie Ihres Katers herausgefunden. Kommen Sie zur Bücherei. Sofort. Und bringen Sie den Kater mit, damit ich sein Fellmuster vergleichen kann!"
Wie alle höflichen Menschen wollte Griselda ‚Ja, danke', sagen, aber Miss RAB's Telefon hatte schon ‚Klick' gesagt. Kein höfliches ‚Auf Wiederhören, bis gleich'. Nur Klick. Griselda betrachtete nachdenklich das Telefon und dann mich. „Wir müssen zur Bücherei. Es gibt Neuigkeiten!"
Ich leckte mir schnell die Soßenreste aus den Schnurrhaaren und lief Griselda hinterher, die mit wehenden roten Locken die Steile Gasse hinaufeilte. Ob Miss RAB auch wusste, wo Angus wohnte?
Die Eingangstür zur Bücherei war verschlossen, aber das blaue Fahrrad lehnte am Hintereingang an den Mülltonnen. Griselda klopfte an die Hintertür und eine dünne Stimme rief. „Herein!"
Die Türklinke knarzte altersschwach, und ich schlüpfte an Griselda vorbei in die Bücherei. Drinnen war es stockfinster. Die hohen Regale voller Bücher standen starr wie erstarrte Felsblock-Riesen. Hinter ihrem riesigen Schreibtisch starrte uns Miss RAB stumm entgegen. Nur das Licht einer kleinen, blauen Lampe spiegelte sich in ihren Brillengläsern.
„Hallo", sagte Griselda und lächelte.
„Hallo", krächzte Miss RAB. Sie lächelte nicht.

Aus der rechten, dunklen Ecke kam ein heftiges Niesen, dann löste sich ein grauer Schatten, der zweimal nieste. Mir sträubten sich die Nackenhaare. Ein Schatten sollte nicht niesen. Genau wie ein Ginsterbusch. Rückwärts kroch ich hinter das nächste Bücherregal.
„Miss RAB“, flüsterte Griselda, „ist alles in Ordnung?“
Aus meinem Versteck sah ich Griseldas Füße hinter dem Schreibtisch verschwinden, dann hörte ich ein ‚Umpf‘ und eine ältere Stimme rief ‚Hilfe‘. Mein Schwanz peitschte wild hin und her.
„Komm her, Kater! Hatschi“, der Schatten nieste zum dritten Mal, „ich weiß, dass du da bist, denn erst seit die Rothaarige da ist, muss ich niesen. Und ich niese nicht wegen der roten Haare. Wenn du wieder wegläufst, schneide ich der Rothaarigen die Haare ab und mache mir eine Perücke daraus. Und diese dummen, unnützen Bücher werde ich abfackeln. Aber zuvor werde ich die zwei Ladys in den Keller sperren, denn die alte Büchertante wird ihre Bücher nicht alleine sterben lassen – und die Rothaarige will mit einem Glatzkopf sicher nicht zurück in ihre schäbige Kneipe!“
Ich kroch auf dem Bauch hinter das nächste Regal, weil ich von dort besser sehen konnte.
Aus den Augen des dF schossen winzige rot-karierte Blitze. Mit seiner linken, bratpfannengroßen Hand hatte er Griseldas Haar zu einem Zopf zusammengedreht, seine rechte umklammerte Miss RAB’s dünnen Hals.
Jetzt wünschte ich mir, stark wie Olaf oder Jack zu sein, dann würde ich einfach das ganze Bücherregal auf den dF fallen lassen. Ich hieb mit den Pfoten zornig dagegen.
„Du hast ja inzwischen viele Freunde gefunden“, höhnte der dF, „sehr seltsame Freunde. Katzen in einem Kaufhaus, bei einer Ratte sollst du gewohnt haben, dann das Zirkus-

volk und diese freche Möwe. Aber es hat dir nichts genutzt. Ich habe dich trotzdem geschnappt. Los, komm her!“
Was sollte ich nur tun? Langsam stakste ich auf den dF zu. Hoffentlich sah Griselda nicht, wie sehr meine Katerbeine zitterten. Der dF schob Griselda und Miss RAB zur Kellertür und stieß die beiden die Treppe hinunter. Dann verschloss er die Tür, packte mich blitzschnell am Nackenfell und presste mich auf den Schreibtisch.
„Was für eine wunderbare Arbeit“, er strich über mein Fell, „das hat Caro von mir gelernt. Hatschi. Sie hat wohl gedacht, sie könnte mich überlisten, aber ich bin ihr auf die Schliche gekommen. Caro-Line Mac Bleistein – warum hast du den Ruhm nicht mit mir geteilt? Wir hätten die ganze Welt kariert werden lassen! Hatschi.“
Ich drehte den Kopf, sah die karierten Augen des dF kurz aufblitzen, dann wurde sein Blick wieder grau und neblig.
„Her mit dem Halsband! Da steckt sicher die Formel für den Kariert-Saft drin! Wenn ich nicht bald das Kariert-Serum bekomme, bin ich unsichtbar. Caro hat mich reingelegt und den Nicht-Mehr-Kariert-Saft an mir getestet. Aber sie hat mir zu viele Nicht-mehr kariert-Tropfen gegeben!“
Er zerrte am Halsband. Unverschämtheit! Ich knurrte und fauchte.
„Kein Sorge, ich werde es dir abnehmen“, grinste der dF böse, „ich habe da so meine Methoden! Und was ist das für ein Schlüssel, der da hängt? Was schließt er auf?“
Das hätte ich selbst gerne gewusst. Ich schüttelte heftig den Kopf, um dem dF klarzumachen, dass ich es nicht wusste.
Der dF zwängte seine langen, knochigen Finger unter das Halsband. Inzwischen hatte ich so viele Portionen Kabeljau in Senfsoße, Thunfisch und Hühnchen gefuttert, dass zwischen das Halsband und meinen Hals kein Blatt Papier

passte und schon gar kein Finger – auch wenn er knochig war. Ich röchelte und krächzte.
„Du bist dick geworden“, schnaufte der dF, „zu viel gutes Essen hat schon manchem den Hals gekostet!“ Plötzlich blitzte eine Schere vor meiner Nase. Ich spürte, wie sich die Klingen gegen meinen Hals pressten und eine davon unter das Halsband geschoben wurde. Meine Zunge quoll mir aus dem Hals, ich bekam keine Luft mehr ...
„Verdammt“, knurrte der dF, „das Halsband ist hart wie Eisen!“ Wütend schleuderte er die Schere von sich, packte mich im Nackenfell und hob mich hoch. So etwas hasst jede Katze, glaubt mir. Doch wenigstens bekam ich jetzt wieder Luft. Ich fuhr die Krallen aus, doch der dF zog ein Feuerzeug aus der Tasche. „Halt still oder ich fackle hier alles ab und nehme dich trotzdem mit!“
Plötzlich hielt er ein Netz in der Hand und stülpte es mir über. Ich zappelte und wehrte mich, doch das war kein morscher Weidenkorb. Und je mehr ich mich herumwälzte, desto mehr verfingen sich meine Krallen im Netz.
„Ich bring dich jetzt in mein geheimes Geheimlabor. Dort wirst du hungern, bis du so dünn bist, dass ich dir das Halsband abnehmen kann. Und wenn darin nicht die Formel für das Kariert-Serum versteckt ist, werde ich einfach mit deinem Fell Experimente machen.“
Der dF schleppte mich aus der Bücherei zu seinem Auto, das versteckt in einer Seitenstraße stand. Er warf mich auf den Rücksitz, stieg ein und brauste davon. Bei jeder Bewegung schnürte sich das Netz fester um mich. Zum Glück ist so ein Katzenkörper biegsam und geschmeidig. Ich spürte, wie das Auto davon raste. Weg von St. Irgendwo, weg von Griselda.

Kapitel 27
Flucht von der Fähre

Das Auto des dF raste die Küstenstraße entlang. „Warum ausgerechnet eine Katze“, brabbelte er vor sich hin, „hatschi! Warum hat sie nicht mit Hühnern experimentiert? Oder mit Nashörnern! Hatschi.“
Ich stellte mir ein kariertes Huhn vor. Oder ein kariertes Nashorn. Das Nashorn hätte auf jeden Fall nicht ins Auto gepasst. Im Rückspiegel sah ich, dass in den nebelgrauen Augen des dF nur noch winzige, rot-karierte Fünkchen glitzerten.
„Wir könnten das Flugzeug nehmen“, brummelte er, „aber ich werde dich niemals durch den Zoll bekommen, und wer weiß, was du im Frachtraum anstellst. Nein, wir nehmen die Fähre! Aber zuerst musst du in den Kofferraum, sonst niese ich mich bis zum Hafen zu Tode!“
Auf dem nächsten Rastplatz packte er mich in den Kofferraum. Jetzt hörte ich nur noch gedämpftes Niesen, und trotz der Angst und Aufregung schlief ich ein. Immerhin hatte der dF die Bücherei nicht angezündet, und Griselda hatte ihre Haare noch. Betty und Jack würden bald nach ihr suchen, aber ich würde sie wohl niemals wiedersehen. Genau wie Nassie, DD, Tyra und Tora, RR, Sofia und Felix und Cordula und Roland, meine Eltern. Catman, dein toller Plan ist total schief gegangen.

Als ich aufwachte, roch ich Seeluft. Wir waren wieder im Hafen.
Das Auto des dF rumpelte auf die Fähre und kam langsam zum Stehen. Aus allen Richtungen hörte ich plappernde Stimmen. Ob der Bus mit den Damen auch dabei war? Schlurfende Schritte blieben vor dem Kofferraum stehen.

„Ich brauche etwas zu essen“, zischelte der dF von draußen, „du kannst da drin schon mal anfangen abzuspecken. Von mir aus kannst du so laut miauen wie du willst. Hier hört dich keiner!“
Noch ein letztes ‚Hatschi‘, dann spürte ich wieder das dumpfe Rollen im Bauch. Die Fähre war auf dem Wasser und brachte mich weg von Schottland. Weg von Griselda. Weg von Angus. Wer konnte mir jetzt noch helfen?
Wütend zappelte ich in meinem Netz, versuchte den Kopf zu befreien, der zwischen den Vorderpfoten eingeklemmt war. Nach einer eleganten Drehung konnte ich die Hinterbeine strecken, doch jetzt drückte mir das Netz auf die Augen. Noch einmal energisch gezappelt ... ah, endlich Luft! Ich miaute so laut ich konnte. Wieder und wieder rief ich ‚Miau‘ und ‚Hilfe‘. Aber das war alles viel zu leise! Ich wurde richtig wütend, biss in das Netz, doch jetzt blieben meine Fangzähne darin hängen. Etwas, was jede Katze so richtig wild macht. Gerade wollte ich anfangen loszukreischen, als ich ein ‚Dmpf‘auf dem Kofferraumdeckel hörte.
„Ja, das sieht schon sehr gut aus, aber als Möwe landet man nicht mit einem ‚Dmpf‘, sondern mit einem ‚Klick‘. Und wenn möglich nicht auf einem Auto der Menschen. Die fangen immer gleich an zu kreischen, wenn sie so was sehen!“
Hyriam! Das war Hyriam! Ich spannte die Hinterbeine und stieß sie mit aller Kraft gegen den Kofferraumdeckel. Knall, knall.
„Mr. Hyriam, Sir, da drin macht etwas ‚Knall, Knall‘!“
„Du willst nur wieder vom Unterricht ablenken, Morris“, tadelte Hyriams Stimme, „los, ab mit dir in die Luft, und dann will ich eine saubere Landung sehen. Draußen auf dem Oberdeck. Eine Landung mit einem zarten ‚Klick‘.“

Ich hörte Krallen über mir trippeln, spannte nochmals die Muskeln an. KNALL, KNALL, KNALL. „Hyriam", kreischte ich, „ich bin hier drin!"
„Sir, ich hör's ganz deutlich. Da drin ruft jemand Ihren Namen!"
Ein zweites Paar Krallen landete.
„Hyriam, ich bin's, der karierte Kater!"
Jemand stocherte im Schloss des Kofferraumes. Klack, der Deckel sprang auf, und grell-weißes Licht aus vielen Röhrenlampen blendete mich. Ich blinzelte und sah nur weiße Federn vor mir.
„Na, seht euch den an! Der karierte KK. Sitzt du da drin, weil du wieder keine Fahrkarte hast? Oder arbeitest du als Entfesselungskünstler? Hast du eine spannende Geschichte dabei, um mich zu bezahlen?"
„Hyriam, der dF hat mich gefangen und schleppt mich jetzt in sein Labor. Er will mein Fell! Er will alles kariert werden lassen! Auch euch Möwen!"
Davon hatte der dF zwar kein Wort gesagt, aber ich war verzweifelt: Mein Kopf war plattgedrückt und meine Ohren quollen rechts und links durch das Netz.
„Das Ding da sieht komisch aus", kicherte die andere Möwe, „gar nicht wie eine Katze!"
„So, findest du", sagte Hyriam, „ich glaube, wir haben ein ganz anderes Problem! Da kommt gerade ein großer, blasser, dünner Mensch auf uns zu. Der sieht komisch aus. So grau in grau und echt zornig! Gehört ihm das Auto?"
„Das ist der dF", quiekte ich, „los, zerreißt das Netz!"
Doch stattdessen ließ Hyriam ein schrilles Krächzen hören und noch drei Möwen flatterten heran.
„Ran ans Netz", kommandierte er, „alle anpacken!"

Jede der Möwen packte ein Stück und zog daran. Mein Kopf wurde wieder plattgedrückt, und ich spürte wie ich hochgehoben wurde ... Der dF kreischte vor Zorn.
„Hau-Ruck“, kommandierte Hyriam, „ab mit dem Kater nach draußen! Ab in die Lüfte!“

Der Wind strich mir durchs Fell. Ich drehte den Kopf und konnte das rechte Auge einen winzigen Spalt öffnen. Unter mir war Wasser. Grau-grünes Wasser voller Wellen mit weißen Krönchen. Als ich das linke Auge öffnete, sah ich weiße Flügel neben mir entlang gleiten. Vor mir flog Hyriam.
„Do kennscht jo reschdesch flegn“, quetschte ich hervor.

Für alle, die immer alles genau wissen wollen:
Warum sprach ich so? Und wie heißt das übersetzt?

Graue Felsen kamen näher, und dann landete ich mit dem Netz auf vertrockneten Grasbüscheln. „Autsch!“ Fünf spitze Schnäbel zerrten an dem Netz.
„Passt auf, wohin ihr stochert“, kommandierte Hyriam, „das ist kein Fisch!“
Endlich war ich frei, schüttelte und streckte mich und begann hektisch meine plattgedrückten Ohren zu putzen. Vier junge Möwen sahen mir aus blinkenden, schwarzen Augen neugierig zu. „Ich bin stolz auf euch“, Hyriam stolzierte vor ihnen auf und ab, „das war eine tolle Befreiungsaktion, nicht war, KK?“
„Ich danke euch, meine Retter“, maunzte ich, „ihr seid ... ja, wer seid ihr eigentlich?“
„Meine Flugschüler“, krächzte Hyriam, „Morris, Roger, Philipp und Fritz. Ja, ich habe deinen Rat befolgt. Sie alle

hatten Flugangst, aber jetzt übe ich mit ihnen und bald sind sie tollkühne Flugmöwen!“
Ich stupste Hyriam mit der Pfote gegen den Federhals, „ich habe es gewusst, du hast keine Flugangst!“
„Natürlich nicht“, sagte Hyriam angeberisch, „aber ich muss sagen, ich dachte, du wärst inzwischen schlauer geworden. Es war total leicht für diesen Kerl, dich zu finden. Du bist berühmt! Sogar auf der Fähre haben Zeitungen mit deinem Foto gelegen!“
„Ja, ich weiß, aber ich konnte nichts dagegen tun!“ Ich sah die Klippen hinunter. Die Fähre verschwand im aufziehenden Nebel.
„Äh, Hyriam, musst du nicht zurückfliegen? Zurück auf deine Fähre?“
„Ja, wirklich, Mr. Hyriam, Sir“, krächzte Morris, „bald ist Unterrichtsende, und Hunger hätte ich auch allmählich!“
Roger, Philipp und Fritz wippten zustimmend mit den Köpfen.
„Ihr könnt ruhig fliegen“, ich ließ den Kopf hängen, „ich muss mir zuerst einen neuen Plan ausdenken.“
Hyriam nickte. „Na gut, Jungs. Good luck, KK. Dieser dF hat ja keine Flügel. Von der Fähre kommt er nicht weg. Ich werde sehen, was wir für dich tun können. Sicher wird er im Hafen gleich die nächste Fähre zurücknehmen. Wir könnten seinen Reifen ein Lochmuster verpassen. Du hast also genug Zeit, dich zu verstecken!“
Hyriam stakste zum Rand der Klippe.
„Der Wind steht gut, meine Schüler. Achtung! Bereitmachen zum Absprung von der Klippeeeeee...!“
Sie ließen mich wirklich allein! Ich lief zum Rand des Felsens und sah drei Möwen elegant der Fähre hinterher gleiten. Nur drei Möwen?

„Was stehst du hier herum und siehst dem Gras beim Wachsen zu“, krächzte es hinter mir „was ist jetzt mit deinem Plan? Ich soll dich doch sicher irgendwo hinfliegen!“
„Wir, Sir“, Morris flatterte aufgeregt neben Hyriam auf und ab, „ich komme mit und sicher bekommen wir unterwegs Hilfe von anderen Möwen, Mr. Hyriam, Sir. Wir sind doch so was wie eine große Familie!“
„Familie! Da fällt mir doch der Hering aus dem Schnabel! Wir können froh sein, wenn die uns nicht in der Luft zerreißen. Außerdem gibt es Möwen nur wo Wasser ist, Dummkopf. Also, Mäusefänger, wohin soll es gehen?“
Ja, wohin? Eigentlich hatte ich keinen Plan. Sollte ich einfach zurück nach St. Irgendwo? Natürlich wollte ich wissen, ob Griselda und Miss RAB gerettet waren. Aber dort würde der dF zuerst nach mir suchen. Was hatte Hyriam gerade gesagt: Wasser! Nassie hatte mir doch einen Job angeboten: als Fellmütze auf dem Kopf des See-Ungeheuers. Obwohl mir vor Nassie grauste ... sicher würde sie wieder versuchen, mich zu küssen ... aber besser, als im Labor des dF zu landen war es allemal.
„Hyriam, ich muss zum Loch Ness“, sagte ich entschlossen.
„Wie bitte? Das ist ja richtig weit weg! Ich dachte, wir bringen dich hinunter zur Stadt. Dort können sie einen karierten Kater sicher gut gebrauchen! Loch Ness, das ist ja ...“.
Morris hüpfte aufgeregt auf und ab. „Da wollte ich schon immer mal hin! Dort haben Sie, Mr. Hyriam, Sir, Ihre tollkühnen Flugübungen gemacht, um das Ungeheuer aus dem See zu locken. Wissen Sie nicht mehr? Davon haben Sie uns so oft erzählt! Und, dass die Touristen Ihnen zugejubelt haben. Mr. Hyriam, Sir, fühlen Sie sich wohl?“
Ich hatte noch nie eine Möwe rot leuchten sehen, aber Hyriam glühte wie ein Feld Mohnblumen.

Für alle, die immer alles genau wissen wollen:
Was glaubt ihr warum?

Hyriam und Morris zogen und drehten am Netz, bis es wie eine Schaukel zwischen ihren Schnäbeln hing. Ich kroch hinein und krallte mich fest.
Dann trabten die Möwen zur Klippe: Hyriam langsam, Morris schnell und abenteuerlustig. „Alles klar zum Start! Flug Karierter Kater zum Loch Ness kann abheben!“
Ich schloss die Augen. Wenn ich Daumen gehabt hätte, hätte ich sie gedrückt.

Kapitel 28

Rettung aus der Bücherei

Während mich Hyriam befreite, passierte in St. Irgendwo folgendes:

Für alle, die immer alles genau wissen wollen:
Ich war natürlich nicht dabei, aber Griselda, Betty, Jack und Miss RAB haben es mir später erzählt.

Ein junger Mann kam in den ‚Karierten Kater'. Die Glöckchen über der Tür läuteten wild, als er eintrat. Betty und Jack sausten hin und her. „Wo kann sie nur sein?", rief Betty, „sie müsste längst in der Küche stehen. Heute steht Gänsebraten auf der Speisekarte, der braucht viel Zeit und ..."
Als sie den jungen Mann sah, rief sie ziemlich unfreundlich. „Tut mir leid, wir haben noch geschlossen!"
„Nun, das ist sehr schade, weil ich von der berühmten Köchin gelesen habe", begann der junge Mann überaus freundlich, „aber vor allem suche ich nach dem karierten Kater!"
„Der ist auch nicht zu sprechen", Jack kam bedrohlich näher. Schwarze Haarbüschel standen ihm wild vom Kopf ab, „haben Sie nicht gehört: ES IST GESCHLOSSEN!"
Er packte den Besucher am blau-grün karierten Pullover. „Sind Sie etwa dieser düstere Fremde, der ihn verfolgt?"
„Noin", röchelte der junge Mann, „öch bön Angus!"
„Jack, lass ihn los", rief Betty, „so düster sieht er nicht aus und hast du nicht gehört? Das ist dieser Angus! Ja, KK sucht nach Ihnen!"
Betty und Jack redeten wild durcheinander, erzählten Angus schnell, was bisher passiert war. Er verstand nur, dass

mit KK der karierte Kater gemeint war. Und genau wie Griselda war auch KK spurlos verschwunden.
„Ohne eine Nachricht würde Griselda niemals so lange wegbleiben“, sagte Betty verzweifelt, „ich hab’ schon alle angerufen, die wir kennen!“
Sie klopfte nervös mit dem Bleistift auf den Notizblock, der neben dem Telefon lag. Angus warf einen flüchtigen Blick darauf. „Sehen Sie das Gekritzel? Das mache ich auch, wenn ich telefoniere. Wer hat das gezeichnet?“

Für alle, die immer alles genau wissen wollen:
Viele kritzeln etwas, während sie telefonieren ...
vorausgesetzt, es gibt Stift und Papier.
Was kritzelt ihr denn so?

„Griseldas Gekritzel sieht aus wie … Bücher“, schlug Jack vor, „ja, das sind Bücher und das da ... das soll wohl KK sein!“
„Du hast recht“, Betty küsste Jack, der vor Stolz rot wurde, „das heißt, sie sind in der Bücherei.“

Alle drei sausten die ‚Steile Gasse‘ hinauf zur Bücherei. Der Haupteingang war verschlossen. Doch als sie zum Hintereingang liefen, hörten sie zwei Stimmen aus dem Keller um die Wette kreischen. Die Kellertür war verschlossen, aber wenn ihr euch erinnert, war es ein sehr altes Haus. Jack schlug mit einem großen Stein dreimal auf die Türklinke. Sie zerbrach, und Griselda und Miss RAB stürzten heraus. „Er will KK in sein Labor bringen. Wir müssen sofort hinterher ... wenn sie auf der Fähre sind, verlieren wir ihn!“
„Und wer ist das?“ Miss RAB zeigte auf Angus, als Griselda Luft holte.

Angus nannte seinen Namen, und Griselda zischte ihn an. „Na, endlich! Wo haben Sie nur die ganze Zeit gesteckt? Warum sind Sie nicht früher gekommen? Er wollte mir die Haare abfackeln und die Bücher zerschneiden. Und wieso tragen Sie einen Pullover, der gemustert ist wie KKs Fell?"
Angus starrte Griselda an. Wie ein Feuerteufel mit wilden Locken und blitzenden grünen Augen stand sie vor ihm. Er wollte gerade etwas sagen, doch Griselda war noch nicht fertig. „Haben Sie ein schnelles Auto? Wir müssen vor diesem dF an der Fähre sein!"
Angus hatte ein Auto, aber es war ein sehr alter Oldtimer, der es niemals rechtzeitig zum Hafen schaffen konnte, doch Miss RAB winkte sie in den Hof. In einem Holzschuppen stand etwas, unter einer blauen Decke verborgen. Miss RAB zerrte daran und zum Vorschein kam ein blau-silberner Rennwagen. Ein Aston Martin.
„Wer bitte, soll dieses Auto fahren", Angus knetete nervös sein linkes Ohrläppchen.
„Dumme Frage", antwortete Miss RAB, „ich natürlich. Wer sonst!"

Für alle, die immer alles genau wissen wollen:
Miss RAB kannte sich mit Büchern aus. Das war ihr Beruf. Ihre geheime Leidenschaft waren schnelle Autos. Schon oft war sie durch die steilen Straßen von St. Irgendwo gerast! Doch jedes Mal wurde sie von der Polizei kontrolliert und dann glaubte ihr niemand, dass der blaue Flitzer wirklich ihr gehörte.

In letzter Zeit war sie nicht mehr gefahren, denn meistens vergaß sie, wohin sie die Autoschlüssel gelegt hatte. Auch jetzt fiel es ihr nicht ein. Griselda, Angus und Jack durchwühlten den Schreibtisch und die Bücherregale – nichts!

Bis Betty, die zur Beruhigung Tee kochen wollte, den Autoschlüssel in der veilchenblauen Teekanne fand.
Miss RAB setzte sich ans Steuer, Griselda zwängte sich neben Angus auf den Beifahrersitz. Sonst passte niemand mehr hinein. Jack und Betty wurden zurück ins Pub geschickt, falls KK fliehen konnte und dort auf sie wartete.

Miss RAB raste los. Auf der Küstenstraße sauste sie auf zwei Rädern um jede Kurve. Griseldas Hand krallte sich in Angus' blau-grün karierten Arm.
„Kein Sorge", Miss RAB trat das Gaspedal durch, „ich kenne hier jede Kurve!"
Doch Miss RAB's Flitzer antwortete mit einem Knall, und eine dicke, schwarze Wolke quoll aus dem Auspuff. Vom Feld neben der Straße stieg ein Schwarm schwarzer Vögel empört krächzend auf und stieg wild flatternd gen Himmel.

Kapitel 29

Angus

... vom Feld neben der Straße stieg ein Schwarm schwarzer Vögel krächzend auf und stieg wild flatternd gen Himmel.

„Aufpassen“, kreischte Hyriam, „das sind Krähen! Attacke! Angriff! Von rechts, von links, von überall!“
Ich sah von rechts, von links und von überall schwarze Federn und spitze schwarze Schnäbel. Die Krähen blieben mit den Krallen im Netz hängen, rissen daran und versuchten sich mit einem Schnabelhieb zu befreien. Auch Morris und Hyriam bekamen Hiebe ab. Ich schlug mit der linken Tatze um mich, die rechte brauchte ich, um mich fest zu klammern.
„Wir sind getroffen“, kreischte Hyriam, „wir stürzen ab!“
Äste und Zweige eines Kastanienbaumes rasten auf mich zu, dann gab es einen heftigen Ruck und ein Reißen am Netz. Wieder wurden mir die Ohren flach an den Kopf gepresst. Mit einem ‚Kracks‘ riss der Ast, an dem ich hängengeblieben war, und ich plumpste in den Busch darunter, dann wurde alles dunkel.

Etwas kitzelte meine Nase. Als ich ein Auge öffnete, sah ich, dass es eine rote Haarlocke war. Gleich daneben starrten mich hinter dicken Brillengläsern blaue Augen an.
‚Griselda und Miss RAB‘, dachte ich, ‚sie sind frei! Alles war nur ein böser Traum‘.
Doch jetzt tauchte der Schatten eines Mannes auf und verdunkelte die blitzenden Brillengläser von Miss RAB. Dieser elende dF! Wo kam der schon wieder her? Eine Hand löste sich aus dem Schatten, bereit mich zu packen, doch jetzt war ich richtig wütend, ja, Cat-Man war super-wü-

tend! Ich sprang los – mitten hinein in diesen widerlichen dF. Mit sämtlichen Krallen fuhr ich ihm über Gesicht und Hals und verbiss mich in seinen blau-grün karierten Pullover … wieso trug der dF einen karierten Pullover? Ich hörte Griselda kreischen. ‚Aufhören! Sofort aufhören'. Der Pullover sagte ‚Autsch'.
Jemand hielt mich sanft fest und kraulte mir die Ohren. „Ruhig, es ist alles gut, du brauchst nicht zu kämpfen!" Ich blickte in Griseldas grüne Augen. Ich saß auf ihrem Schoß, und Miss RAB tupfte mit einem Taschentuch einem jungen Mann das Blut von den Kratzspuren auf Händen und Gesicht. Dieses Gesicht! Das hatte ich schon einmal gesehen. Ja, im Zirkus! Da hatte mir dieser Mann gewunken, und auch, als der Bus nach Schottland losgefahren war. Ja, jetzt fiel mir alles wieder ein: Es war das Gesicht von Caros Gemälde!
„Das ist Angus Mac Bleistein", sagte Griselda, „der Angus, nachdem du suchst. Er hat uns aus der Bücherei befreit!"
Angus lachte. „Ist Schottland nicht ein wundervolles Land? Wochenlang sucht man nach einem karierten Kater, und dann fällt er einfach so vom Himmel! Tut mir leid, dass ich immer zu spät gekommen bin, um dir zu helfen", er schüttelte meine Pfote und ich sah, dass sein Pullover genau so gemustert war wie meine Pfote.
Plötzlich raschelte und krächzte aus der Kastanie. „Wenn ihr da unten fertig seid, euch gegenseitig zu bedauern, könnte vielleicht jemand nach uns sehen?" Das verstand zwar niemand außer mir, aber ich tippte schnell in Griseldas Telefon. „Das sind Hyriam und Morris, meine Retter. Der dF ist noch auf der Fähre." Angus befreite die Möwen aus dem zerrissenen Netz.

„Nun, ich denke, jetzt wäre eine starke Tasse Tee angebracht“, sagte Miss RAB, „bitte alle wieder einsteigen. Vorsichtig, jetzt wird es richtig eng!“
Ich quetschte mich auf Griseldas Schoß, Morris und Hyriam saßen auf der schmalen Ablage vor der Heckscheibe und sahen fasziniert Bäume, Häuser und Seen vorbeiflitzten.
„Herrlich“, seufzte Hyriam, „so kann man sich die ganze Fliegerei ersparen.“
Zurück im Pub stärkten sich wir uns alle mit Tee und Sandwiches. Ich machte mich mit Hyriam und Morris über Hering in Sahnesoße her. Griselda erzählte Angus, was er noch nicht wusste, und endlich, endlich tippte ich die allerwichtigste Frage an Angus ein. „Kannst du mich zurückverwandeln?“
„Eigentlich bin ich Maler“, Angus knetete sein linkes Ohrläppchen, „als Wissenschaftler war ich immer eine Niete. Aber Caro hat mir etwas geschickt“, er zeigte auf den winzigen Schlüssel an meinem Halsband, „ich glaube, ich weiß, wozu dieser Schlüssel passt!“

Kapitel 30
Zu Hause

Am nächsten Morgen konnte ich es kaum abwarten, mit Angus nach Bleistein Hall zu fahren. Nach dem Frühstück gab es ein großes ‚good bye'.
„Ich muss los", Hyriam stupste mich mit dem Schnabel, „meine Schüler warten auf mich."
„Nicht vergessen, dass wir Rast am Loch Ness machen", Morris flatterte aufgeregt auf und ab, „Sie haben versprochen, mir zu zeigen, wie man das Seeungeheuer aus dem Wasser lockt, Mr. Hyriam, Sir!"
Hyriam ließ den Kopf hängen und murmelte: „Morris, ich muss dir etwas sagen. Leider ..."
„Warte, Hyriam", flüsterte ich, „flieg' mit ihm zum Loch Ness. Dort suchst du am Ufer nach einer Katze mit Namen Nassie. Aber ohne Morris. Ja, die gibt es wirklich! Grüße sie von mir, dann zeigt sie dir ihren Nessie-Trick. Morris wird staunen!"

Griselda küsste mir zum Abschied den karierten Kopf und versprach, mich bald zu besuchen. MICH … Ha, ha! Klar würde sie MICH besuchen, aber ich hatte genau gesehen, wie lange es dauerte, bis Angus sich endlich von Griselda verabschiedet hatte. Zuerst küsste er ihr die linke Hand. Dann die rechte. Dann die linke Wange und dann noch die rechte. Ich saß daneben und knurrte, so eifersüchtig war ich. Endlich setzte sich Angus hinter das Steuer seines Oldtimers. Ich wäre lieber in Miss RAB's schnellen Flitzer gestiegen, doch sie weigerte sich, ihr geliebtes Auto zu verleihen.

Jedes Auto, sogar ein paar Fahrräder, fuhren schneller als wir. Alle hupten, winkten und lachten, wenn sie uns überholten. Angus störte das nicht, denn er erzählte und erzählte.
„Caro-Line ist hier aufgewachsen – zusammen mit meiner Mutter Emily. Meine Mutter liebte Ponys und Pferde über alles, aber Caro war schon als kleines Mädchen Wissenschaftlerin. Sie sammelte Käfer, Schmetterlinge, Raupen und Eidechsen und versuchte, alles kariert werden zu lassen“, Angus lachte, „ich kann mich erinnern, dass mir meine Mutter einmal erzählte, dass Caro die Baumstämme im Garten kariert angemalt hatte. Mein Großvater muss ziemlich wütend geworden sein!“ Ich sah aus dem Fenster. Wilde Ponys trabten neben uns her. Sogar sie waren schneller. Dann verschwanden die Wiesen und machten kargen Felsen und windschiefen Büschen Platz. Irgendwann, nach Stunden, fuhren wir am Ortsschild St. Überall vorbei. Hier sah es genauso aus wie in St. Irgendwo.
„Gleich nach ihrem 16. Geburtstag verschwand Caro“, erzählte Angus weiter, während sich sein Auto den Hügel hinauf quälte, „und stell dir vor, an meinem 16. Geburtstag bekam ich den ersten Brief von ihr und dann jedes Jahr einen. Ich habe sie alle gesammelt. In ihrem letzten hat sie mir von dem Experiment mit dem Nudelsalat und den Mülltonnen geschrieben. Danach kam kein Brief mehr. Nur das Kästchen!“
Aha, jetzt wurde es spannend für mich, doch genau an dieser Stelle bremste Angus und bog nach rechts in einen breiten Waldweg. Ein großes, schwarzes Auto, das bis jetzt geduldig hinter uns her getuckert war, bremste und raste dann weiter die Straße entlang. Angus fuhr weiter den Weg entlang bis zu einem großen, schmiedeeisernen Tor. Links und rechts starrten geflügelte Drachen von steinernen Säu-

len majestätisch auf uns herab. Sie sahen aus, als überlegten sie, ob sie uns vorbeilassen oder sich auf uns stürzen sollten.
Angus stieg aus, schloss das Tor auf, fuhr hindurch und schloss wieder zu. Als wir weiter fuhren, wurde der Weg enger. Links und rechts säumten weiß und rosa blühende Hecken den Weg.
„Hier gibt es viel Platz für dich", sagte Angus, „mit den anderen Katern, die hier umherstreunen, musst du dich irgendwie vertragen, äh, also, ich meine, falls ich nicht, äh, falls du nicht ...!"
Angus knetete sein linkes Ohrläppchen und starrte stumm durch die Windschutzscheibe.
Ich wusste, was er mit ‚falls ich nicht' und ‚falls du nicht' sagen wollte, aber das durfte einfach nicht passieren.

Am Ende der langen Auffahrt stand ein riesiges Haus mit vielen hohen Fenstern, gemauert aus honiggelben Steinen. Angus parkte, und ich sprang aus dem Auto. Wie langweilig! Hier gab es nirgendwo etwas kariertes. Der Rasen vorm Haus war einfach nur grün. Das Wasser im Springbrunnen nur wasserklar. Ich lief die steinernen Stufen hinauf bis zur schweren Eingangstür. Sie stand einen Spalt offen. In der riesigen Halle lehnten Rüstungen an den Steinwänden. Links flackerte ein Feuer im Kamin, und davor standen drei gemütliche, abgewetzte Sessel. Aha – endlich: Es waren blau-grün karierte Sessel. Rechts führte eine breite Treppe nach oben, auf der sich ein blau-grün karierter Teppich die Stufen hinaufschlängelte. Als ich eine Pfote draufsetzte, war sie nicht mehr zu sehen. Ich sauste die Treppe hinauf. Genau wie in Caros Haus hingen oben Gemälde an den Wänden. Auf einem erkannte ich Caro und daneben, das war wohl ihre Schwester Emily und daneben ...

„Ja, das bin ich. Der gnädige Herr hat es sich nicht ausreden lassen, mich zu malen, obwohl ich nicht zur Familie gehöre!“
Wild fauchend sprang ich zurück. Wo kam dieser Mensch so plötzlich her? Und wie kam es, dass sogar ich, eine Katze, ihn nicht gehört hatte?
„Ah, ihr habt euch schon kennengelernt“, Angus kam die Treppe herauf, „James, das hier ist Mr. Klaus Kariert, genannt KK. Er ist der Kater, nach dem ich seit Wochen gesucht habe. KK, das ist James Butler, mein Butler!“ James verbeugte sich. „Willkommen Mr. KK und willkommen zu Hause, Sir. “

Für alle, die immer alles genau wissen wollen:
Ein echter, schottländerischer Butler schleicht so leise, dass ihn sogar eine Katze nicht hört.
Und gleich nochmal

Für alle die immer alles genau wissen wollen:
Ja, ich weiß: Jeder Diener, jeder Chauffeur heißt James, und dieser hieß auch noch ‚Butler‘ mit Familiennamen. Aber so hieß er nun mal: James Butler.

„Wo kann unser Gast schlafen?“, fragte Angus.
„Wie wäre es vorm Herd in der Küche, Sir? Oder vorm Kamin?“
„Nein, James“, Angus zwinkerte mir zu und legte verschwörerisch den Zeigefinger auf seine Lippen, „unser Gast braucht ein Zimmer mit einem Bett.“
Ohne sich zu wundern, nickte James und öffnete eine schwere Holztür, gleich neben dem Gemälde von Caro.
„Das ist dein Zimmer“, sagte Angus, „ruh‘ dich aus und komm herunter, wenn du hungrig bist.“

Das Zimmer war doppelt so groß wie mein Zimmer zu Hause. Oder kam es mir nur so vor, weil ich kleiner war? Ein riesiges Bett mit einer karierten Wolldecke und einem karierten Baldachin stand da. Eine zweite Tür führte zu einem richtigen Badezimmer. So was Dummes! Zum ersten Mal in meinem Leben hätte ich mich gerne in die Wanne gelegt, mir sogar freiwillig die Zähne geputzt … – aber nicht als Katze... igitt Wasser! Vielleicht sah ich morgen Abend wieder normal aus. Angus würde mir nicht so ein tolles Zimmer geben, wenn nicht bald ein richtiger Jungen darin wohnen sollte. Ich sprang auf das Bett – und war auf der blau-grün-karierten Decke nicht mehr zu sehen. Schnurrend rollte ich mich in einem Sonnenfleck zusammen, der durch das hohe Fenster fiel. Nur zehn Minuten schlafen!

Zwei Stunden später klopfte Angus an die Tür. Ich reckte und streckte mich, lief ihm hinterher in ein riesiges Speisezimmer. Ein langer, schmaler Tisch und Stühle mit hohen Rückenlehnen standen darin. Sie hatten die gleichen geschnitzten Löwentatzen wie Bettys Stühle. Angus erzählte mir, dass bei großen Feierlichkeiten der Herr des Hauses an einem Ende des Tisches saß und der Gast am anderen Ende. Ich war der Gast, also sprang ich auf einen der Stühle.
„Nein“, sagte Angus, „ es ist zwar ein großes Ereignis, dich endlich gefunden zu haben, aber wir essen in der Küche. Dort ist es gemütlicher.“
Vor dem Herd stand eine ältere, rundliche Dame und rührte in Töpfen, aus denen es lecker duftete. „KK, das ist Mrs. Onemouse-Tworats. Ohne sie wäre ich schon längst verhungert!“

Für alle, die immer alles genau wissen wollen:
So ein seltsamer Name kommt zustande, wenn eine Miss Onemouse einen Mr. Tworats heiratet. Und was denkt ihr wird aus diesem langen Namen werden? Sehr richtig: eine Mrs. OT

Mrs. OT fand mich ‚lovely' und ‚amazing', konnte nicht aufhören, mich zu kraulen und mit Leckerbissen zu füttern. Sie schob einen Korb mit einer karierten Decke vor den Ofen, doch Angus sagte ihr, dass ich oben ein eigenes Zimmer hatte. Mrs. OT sah James aus großen Augen an, doch der zuckte nur mit den Schultern.
„Keine Sorge, ich bin nicht verrückt", lachte Angus, „jedenfalls nicht verrückter als sonst. Ist unser Gast schon hungrig?"
Ich nickte eifrig, doch Mrs. OT sah ratlos aus. Für eine Katze hatte sie noch nie gekocht. Sie kramte in Küche und Speisekammer, und bald stand ein Teller Hühnchen mit Reis vor mir. Nach dem Essen legte Angus Telefon, Block und Stift auf den Tisch. Ich schrieb und schrieb, und Angus übersetzte alles. Dann schob er der Köchin einen Zettel zu. „Liebe Mrs. OT, Ihre Leckereien haben mir vorzüglich geschmeckt!"
Upps, so einen vornehmen Brief hatte Mrs. OT noch nie bekommen. Sie stieß einen spitzen Schrei aus und sank auf den Küchenstuhl. Auch James las den Zettel, aber ein Butler stieß niemals nicht einen spitzen Schrei aus. Er hob nur erstaunt die linke Augenbraue.
„Ja, er kann euch verstehen und schreiben", sagte Angus, „aber leider kann er seine Geschichte nicht selbst erzählen. Ich erzähle euch jetzt, was ich weiß und was mir von anderen erzählt wurde."

An diesem Abend blieben Mrs. OT und James lange wach, um meine Abenteuer zu hören. Dann erzählte Angus, was er selbst erlebt hatte.
„Alles begann damit, dass mir Caro dieses geheimnisvolle Kästchen schickte. Es war auch ein Brief dabei. Sie schrieb mir von ihren Experimenten und davon, dass ein Junge aus der Nachbarschaft ein paar Tage bei ihr bleiben sollte. Das Kästchen war verschlossen. Caro schrieb, dass sie mir den Schlüssel extra schicken wollte, da sie wusste, dass der dF ihr auf die Spur gekommen war. Es kam noch ein Brief, den ich dir morgen vorlesen werden. Doch es war kein Schlüssel dabei. Also bin ich nach Ulkweiler gereist. Doch als ich ankam, war das Haus leer. Ich habe Caro im Krankenhaus gefunden, aber sie hat nur schottische Lieder gesungen und wechselte die Farben wie ein Regenbogen. Nur für einen winzigen Moment erkannte sie mich. ‚Suche den karierten Kater-Jungen‘ war alles, was sie sagte. Natürlich wusste ich nicht, was sie meinte, bis mir Caros Nachbarn von den karierten Mülltonnen erzählten, von einem karierten Kater am Fenster und irgendwann von dem verschwunden Klaus Zacharias. Ich hab’ mir schnell zusammengereimt, dass Caros Experiment wohl schief gegangen war. Ich war sogar im Tierheim!“ Angus lachte. „Die hielten mich für vollkommen übergeschnappt.“
Ich hätte also nur ins Tierheim gehen und dort auf Angus zu warten brauchen? Aber dann hätte ich alle diese Abenteuer nicht erlebt!
„In der Zeitung habe ich von dem Dieb im Kaufhaus gelesen und eine der Verkäuferinnen erzählte mir ganz verschämt, dass sie eine karierte Katze gesehen hatte!“
Was für ein seltsamer Gedanke: Angus hatte nach mir gesucht, während ich mit RR gekocht hatte.

„Dann entdeckte ich das Zirkusplakat. Leider saß ich in der Vorstellung des Feuerschluckers. Ich habe geholfen, das Feuer zu löschen – und du warst wieder weg. Am nächsten Morgen habe ich zwar den Bus noch abfahren sehen ... ich hab‘ dir sogar gewunken. Ein ziemlich betrunkener Mann sagte mir, dass der Bus nach Schottland fuhr. Da wusste ich, dass du schon nach mir suchst. Leider war die Fähre für diesen Tag weg, und als ich zurück in Schottland war, hatte ich deine Spur verloren – bis ich in der Zeitung vom karierten Pub las. Den Rest kennst du!“
Meine Antwort war ein tiefes Schnarchen. Sogar ein dreistimmiges Schnarchen, denn James und Mrs. OT schnarchten auch. Ich kann nur sagen, dass es nicht daran gelegen hatte, wie langweilig Angus erzählte, sondern einfach daran, dass es für alle ein aufregender Tag gewesen war.

Kapitel 31

Der dF verschwindet

Angus wartete in der großen Halle vorm Kamin auf mich. Auf dem kleinen Tisch lagen ein Brief, das geheimnisvolle Holzkästchen und ein dünnes, blitzendes Messer.
„Keine Sorge, ich will nur den Schlüssel von deinem Halsband abschneiden“, sagte Angus, als er sah, dass sich meine Nackenhaare sträubten. Er hob mich auf einen Sessel. „Jetzt bitte stillhalten ...“
Er beugte sich über mich und – ratsch – hielt er den winzigen Schlüssel zwischen Daumen und Zeigefinger. „Winzig, aber gefährlich.“
Angus steckte den Schlüssel ins Schloss des Kästchens, und mit einem leisen Klick sprang der Deckel auf. Zwei Glasröhrchen lagen darin, gefüllt mit schimmernden Flüssigkeiten und zwei Seiten Papier, vollgeschrieben mit Zahlen und Buchstaben.
„Das kann doch keiner lesen“, tippte ich in Angus’ Telefon.
„Oh doch, das ist sogar sehr spannend zu lesen. Aber nur für jemanden, der die Sprache der Wissenschaft versteht! Hier, das ist Caros letzter Brief. Sie schreibt: ‚Verbrenne und zerstöre alles, was im Kästchen ist. Du hast die Kraft dazu, denn du bist kein Wissenschaftler‘. Wenn sie mir den Schlüssel mitgeschickt hätte, wäre schon alles vernichtet. Diese Formeln brauchen wir nicht mehr! Ab damit ins Feuer.“
Er warf das Papier in den Kamin und las, was auf den Glasröhrchen stand.
„Aha, hier steht Kariert-Saft und hier ‚Nicht-Mehr-Kariert-Saft‘. Das Gegenmittel. Und hier, was ist das für ein winziger Zettel?“

Er legte die beiden Röhrchen vorsichtig auf den Tisch, als plötzlich James hinter Angus' Sessel stand. Leise wie immer. Sein Schatten, der sich grau hinter ihm aufbaute, nieste.
Ich legte die Ohren an und duckte mich. Der Schatten … das konnte doch nicht sein. Es war der dF! Wie war er hereingekommen?
Ganz einfach: Weil er kaum noch zu sehen war. Nur ein grauer Nebel war von ihm übrig. Statt Augen blinkten zwei zartrosa Punkte in einem milchigen See.
„Es tut mir le ...“, flüsterte James, dann drückten ihm die bratpfannengroßen Hände des dF die Kehle zu. Obwohl unsichtbar, waren seine Hände noch immer kräftig.
„Lassen Sie ihn sofort los“, Angus sprang auf und ballte zornig die Fäuste, „ich weiß genau, was Sie wollen. Aber Sie kommen zu spät. Die Formeln liegen schon im Feuer.“
„Ja, aber der Kariert-Saft ist noch da“, schniefte der dF, „genau wie ich. Ich musste von der Fähre springen und an Land schwimmen! Hab‘ mir dabei einen schlimmen Schnupfen geholt. Jetzt niese ich noch mehr als vorher. Aber euer Auto war so lahm, dass ich euch bequem folgen konnte. Jetzt her mit dem Kariert-Saft, bevor nichts mehr von mir zu sehen ist!“
Angus schob ihm das Röhrchen mit dem Kariert-Saft zu. Ich starrte auf die grauen Lippen, die gierig schluckten. Wenigstens trank er nicht das Gegenmittel … wenn er unbedingt kariert sein wollte ... von mir aus!
„Endlich“, schmatzte der dF, „jetzt werde ich das Kariert-Serum aus meinem eigenen Blut erschaffen und dann kann ich alles kariert werden lassen! Ich werde reich sein! Und berühmt! Weltberühmt!“
Doch etwas seltsames geschah: Die eisgrauen Haare des dF wurden schlohweiß. Jetzt sah er aus wie ein Geist. Die rosa

Pupillen verloren den letzten Rest Farbe, wurden weiß und dann war nichts mehr zu sehen außer der steinernen Wand. Der dF war unsichtbar und durchsichtig!
„Was ist los“, kreischte die Wand, „was habe ich da getrunken?“
Angus griff rasch nach dem winzigen Papierfetzen, der noch im Kästchen lag.
„Hier steht, dass Caro die Beschriftung vertauscht hat. Sie wusste, dass Sie ihr auf der Spur waren. Sie haben den ‚Nicht-Mehr-Kariert-Saft‘ getrunken.“
Angus blickte sich um. Wo stand der dF jetzt?
Die Wand nieste. James konnte wieder atmen. Er zog seine weißen Handschuhe aus und warf sie in die Richtung, aus der es nieste. Die Handschuhe hingen nebeneinander in der Luft wie auf einer Wäscheleine, dann baumelten sie rechts und links herab. Der dF hatte sie angezogen.
„Verschwinden Sie“, rief Angus mutig, „lassen Sie uns in Ruhe! Oder ich werde Sie im Burgverlies einsperren!“
James’ Handschuhe schwebten schnell davon.
„Verzeihung, Sir“, James rieb sich den Hals, „ich dachte, er sei so etwas wie das Familiengespenst, das nach all den Jahrhunderten wieder aufgewacht ist!“
„Das brauchen wir nicht“, lachte Angus, „diese Familie ist auch ohne Geist verrückt genug. Aber wir sollten aufpassen, wenn uns schwebende Handschuhe begegnen!“
Ich saß da wie versteinert. Das Gegenmittel, dachte ich, er hat das Gegenmittel getrunken! Ich miaute verzweifelt und tippte in Angus’ Telefon. „Was wird jetzt aus MIR?“
Angus starrte ihn an. „Ja, äh, also, ...!“
„Wenn Sie erlauben, Sir“, James hob ein Stück Papier auf, das neben dem Kamin gelandet war. „Ein Stück der Formel für den Nicht-Mehr-Kariert-Saft, Sir. Das ist sicher ein Zeichen!“

Angus knetete nervös sein linkes Ohrläppchen. „Aber das ist nur zur Hälfte lesbar! Nein, ich tauge nicht zum Wissenschaftler. Bei jedem meiner Experimente sind die Fensterscheiben zersprungen! Wie oft mussten wir den Glaser kommen lassen?“
„Mr. Glass kommt gerne noch einmal“, sagte James, „denken Sie an den Jungen, Sir. Sie müssen es versuchen!“
„Mir egal, wenn hier alle Fenster explodieren“, ich tippte hektisch mit beiden Pfoten, „ich will wieder ein Junge sein. Ich will nicht mehr im Garten pinkeln, am Gras knabbern und meine abgeschleckten Haare wieder ausspucken. Ich will Eiscreme schmecken, Pommes, Kuchen und Schokolade ... Angus, BITTE!“
Angus knetete wieder sein linkes Ohrläppchen. „Nun, es soll später keiner sagen, das Angus Mac Bleistein ein Feigling war. James, machen Sie das Labor bereit!“

Für alle, die immer alles genau wissen wollen:
Die Zutaten, die man für den Nicht-Mehr-Kariert-Saft braucht, werden hier natürlich nicht aufgezählt. Sie würden euch nichts nützen, denn zuerst einmal müsstet ihr ja die Zutaten für den Kariert-Saft haben – und auch die werden NICHT verraten.

Kapitel 32

Klaus Kariert

Ich saß auf dem Labortisch und beobachtete Angus. Gläser und Flaschen standen nebeneinander bereit. Angus' Zeigefinger fuhr wieder und wieder über die komischen Zahlen auf dem angebrannten Zettel. Wenn er den Kopf schüttelte, miaute ich aufgeregt, bis er mich genervt vor die Tür setzte. „So kann ich nicht arbeiten! Verschwinde oder du bleibst ein karierter Kater!“
Ich lief zu Mrs. OT in die Küche und tigerte dort hin und her, bis auch sie mich rauswarf. Jetzt blieb nur noch der Garten. Kaum jagte ich dem ersten Schmetterling hinterher, als es im Labor knallte. Angus steckte den Kopf aus dem Fenster. Sein Gesicht war schwarz gepunktet. „Keine Sorge, nichts passiert! Hab‘ nur was verwechselt. Es geht gleich weiter!“
Ich jagte freche Amseln und flinke Rotkehlchen, bis ich müde genug war, um ein Schläfchen zu halten. Ab und zu hörte ich im Schlaf kleine und größere Explosionen, bis ein richtig lauter Knall mich weckte. Es war schon dunkel, und außerdem war ich hungrig. Mrs. OT hatte meinem Teller schon gefüllt, doch gerade als ich den ersten Bissen verschlang, riss James die Küchentür auf. „Es ist soweit!“ Ich sauste die Treppe hinauf.

Auf dem Tisch stand ein gläsernes Röhrchen. Die Flüssigkeit darin war wasserklar. Angus sah richtig krank aus: Seine Augen waren rot, die Haare standen ihm in Büscheln zu Berge, sein Gesicht war grau vom Qualm, und Rußflecken klebten ihm wie schwarze Schneeflocken auf der Nase. Seine Hände zitterten, als er sich den Schweiß von der Stirn wischte. Glasscherben knirschten unter seinen

Schuhen. „Ich glaube, ich habe es geschafft“, er goss die wasserklare Flüssigkeit in eine Schale und stellte sie vor mir auf den Boden. „Bereit oder willst du eine Nacht darüber schlafen?“

Ich beugte mich über die klare Flüssigkeit. Mein karierter, pelziger Kopf spiegelte sich darin. Ich überlegte nicht lange und schlabberte alles bis zum letzten Tropfen leer. Mrs. OT und James standen um mich herum. Plötzlich riss Mrs. OT erschrocken die Augen auf, murmelte ‚Blimey‘ und krallte ihre Finger in James Arm.

Oh, ja, es ging los! Das Reißen und Zerren, das ich schon kannte. Dieses Mal fühlte ich mich wie eine Wurst, die in einer zu engen Pelle feststeckte. Ich wuchs, wurde dicker und breiter. Gleich würde ich platzen. Ich rollte wild hin und her. Kopf, Bauch und Rücken kitzelten wie verrückt, aber ich konnte mich nicht kratzen. Vorder- und Hinterpfoten wurden lang gezogen. Ich zitterte und bebte. Ja, ich wuchs wieder …

Als es aufhörte, hatte ich Angst, die Augen zu öffnen. Was würde ich sehen? Einen Arm oder eine Pfote? Nein, das waren Finger! Und eine Hand! Ja, ein Arm! Es war vorbei – ich war wieder ein Junge. Hurra! Ich setzte mich auf mein Hinterteil. Ja, da vorn, das waren Beine! Mit Füßen daran! In meinem Gesicht kitzelten keine Haare mehr. Langsam stand ich auf. Huch, so ohne Fell war ich nackt, doch James war schon da und warf mir einen Bademantel über die Schultern.

Noch immer zitterte ich, doch jetzt vor Freude und Anstrengung. Ich stakste auf Angus zu. Wie ungewohnt es war, auf zwei Pfoten, nein, Beinen, zu laufen. Ich wollte ihm um den Hals fallen, mich bedanken. Doch er sah mich an und stolperte rückwärts. Was war das? Warum kitzelte und juckte es mich plötzlich überall? Ich sah nach unten.

Der Bademantel war nicht kariert, sondern nur weiß, aber das da unten … ja, das waren Füße, aber sie sahen nicht so aus wie die Füße eines Jungen aussehen sollten. Mein Hände auch nicht! Ich lief zum Spiegel, der über dem Wasserbecken neben dem Labortisch hing.
„Tut mir leid“, Angus knetete sein linkes Ohrläppchen, „ich habe dich gewarnt. Ich bin eben ein miserabler Wissenschaftler! Ich mache immer Fehler!“
Mrs. OT schluchzte. James‘ Gesicht war reglos wie immer, nur etwas blasser.
„Nun ja, Sir, wir sind hier in Schottland! Und DAS DA hat nicht jeder.“
Ich starrte mich im Spiegel an: Stirn, Nase, Mund, Augen, Ohren, Hals – ja das war mein altes Klaus-Zacharias-Gesicht. Aber es war blau-grün-kariert. Sogar meine Haare! Eigentlich hätte ich jetzt heulen, schreien, jammern und schimpfen sollen. Doch meine blau-grün karierten Mundwinkel verzogen sich nach oben. Zuerst kicherte ich und dann lachte ich. Laut! So laut wie ich schon lange nicht mehr gelacht hatte!
Angus sah James an, der mit den Schultern zuckte. Mrs. OT wedelte mit der Hand vor den Augen herum. Ich wusste, was sie alle dachten. ‚Jetzt ist er vollkommen übergeschnappt – genau wie Caro‘.

Kapitel 33

Die Party

Ich duschte dreimal am Tag und rieb mich mit Mrs. OT's Wurzelbürste ab, bis meine Haut rot-orange glühte. Nichts passierte. Ich blieb ein blau-grün-karierter Junge. Immerhin war ich keine Katze mehr und konnte wieder mit Menschen sprechen. Ziemlich peinlich, denn mein schottländerisch war echt mies. Pommes, Hamburger, Kuchen und Schokolade schmeckten mir wieder. Doch ich wollte nicht alles in mich hineinstopfen, denn als Katze hatte ich richtige Muskeln an Armen und Beinen bekommen. Kein Wunder, so oft wie ich vor dem dF weglaufen musste!
Jeden Morgen fragte mich Angus, ob wir nicht nach meinen Eltern Cordula und Roland suchen sollten. Klar, wollte ich das, aber ich sagte trotzdem NEIN. Angus wusste nicht, was für ein Rüpel ich gewesen war. Sicher wollten meine Eltern mich nicht wiedersehen. Klar, vermisste ich sie, aber nein. NEIN. Und wenn ich daran dachte, dass ich zu Hause wieder in die Schule gehen müsste ... alle würden mich auslachen!
Doch Angus dachte an meine Eltern und ihren Kummer. Er überlegte.

Für alle, die immer alles genau wissen wollen:
Was jetzt kommt, davon erzählte Angus mir erst später.

Zuerst wollte er einfach der Polizei melden, dass der vermisste Klaus Zacharias bei ihm war. Aber sie würden ihn verdächtigen, mich entführt zu haben und wie sollte er erklären, dass ich kariert war? Es musste ihm etwas anderes einfallen – und das tat es auch. Angus ließ Anzeigen in

allen deutschen Zeitungen drucken. Nur eine einzige Zeile auf der Seite ‚verloren/gefunden'.
‚Klaus will Cordula und Roland wiedersehen'. Das musste genügen.

„Nächsten Samstag gibt es auf Bleistein Hall eine Party", sagte Angus eines morgens beim Frühstück. Ich verspeiste gerade Rühreier, Bohnen und Tomaten, „die welcome-surprise-party-für-karierte-Jungs. Das hat lange Tradition in Schottland!"

Für alle, die immer alles genau wissen wollen:
Natürlich hatte Angus sich das ausgedacht. Aber er liebte Partys und hatte schon lange keine mehr gefeiert.

Natürlich wollte ich wissen, wer alles zur Party kam, aber Angus sagte nur: „Surprise! Surprise!"
Auch James und Mrs. OT verrieten mir nichts. Von einer ‚karierte-Jungs-Party' hatten sie zwar noch nie gehört, aber sie taten so, als sei es nichts besonderes.

Als ich am Samstagmorgen aus dem Bett kroch, stand auf der Wiese hinterm Haus ein großes weißes Zelt. Angus schleppte Tische, und ein junger Mann mit schwarzen Haaren half ihm dabei. Jack! Das war Jack! Ich erkannte auch Miss RAB und Betty, die Teller, Gläser und Besteck verteilten. Griselda – war sie auch mitgekommen?
Ich zog meine Jeans an und sauste barfuß und kopfüber auf allen vieren die Treppe hinunter. Manchmal, wenn ich es sehr eilig habe, mache ich das noch immer. Auf der letzten Stufe blieb ich stehen und betrachtete meine karierten

Füße, die auf dem Teppich nicht mehr zu sehen waren. Miss RAB, Betty und Jack hatten mich nie als Jungen gesehen – und ich war noch immer kariert! Ob sie mich auslachen würden? Aber nein, das waren meine Freunde! Ich sauste in den Garten.

Jack begrüßte mich einem kräftigen Handschlag. Ich merkte, dass ich jetzt fast so groß wie er war. Angus seltsamer ‚Nicht-Mehr-Kariert-Saft' hatte mich ein Stück wachsen lassen. Miss RAB umarmte und küsste mich, und Betty fiel mir jubelnd um den Hals. Alle sagten, ich würde toll aussehen.

„Lauf zu Mrs. OT, die kann Hilfe brauchen", Betty zwinkerte mir zu.

Mit klopfendem Herzen ging ich in die Küche. Griselda stand neben Mrs. OT am Herd.

„Klaus", rief Griselda, „was für ein hübscher Junge aus dir geworden ist!" Sie küsste mich auf die Wange und ich sah an meinen Händen, dass ich rosa-rot-kariert war.

Ich half Griselda und Mrs. OT den Teig für die Scones zu rühren und schnippelte Tomaten und Paprika für den Salat. Griselda wollte alles über das Ende des dF hören. Peinlich, peinlich – ich konnte nur langsam und stotternd die richtigen, schottländerischen Worte finden, bis Mrs. OT mich hoch in mein Zimmer schickte.

„Junger Mann, Zeit zum Umziehen – und keine Widerrede!"

Als ich sah, was auf meinem Bett lag, verstand ich, was sie mit ‚keine Widerrede' meinte. Da lag ein Rock. Nein, ein Kilt. Blau-grün-kariert mit feinen schwarzen Streifen, daneben ein paar Kniestrümpfe. Die waren zum Glück nicht kariert, sondern nur schwarz!

Nein, nein, nein! So was würde ich nicht anziehen! Nicht vor Griselda! Ich sah schon lächerlich genug aus. Aber

Angus ... der wäre sicher gekränkt. Ich schlüpfte in den Rock, äh, Kilt und zog Strümpfe und schwarze Schuhe an. Misstrauisch trat ich vor den Spiegel – wow! Das Kater-Leben hatte mich schlanker werden lassen. Meine Haare waren gewachsen und gingen mir bis zu den Schultern. Ich sah aus wie ein echter, schottischer Highlander.
Draußen hupte es dreimal. „Klaus, wo steckst du?", rief Mrs. OT, „hurry up!"
Ich sauste die Treppe hinunter. Dieses Mal nicht auf allen Vieren. Im Kilt macht man so was nicht. Angus stand schon vorm Haus. Auch er trug einen blau-grün karierten Kilt. Dann sah ich, dass ein Bus die Auffahrt entlangfuhr. Oh nein! Wieso hatte Angus die Damen vom Sprachkurs zu meiner Party eingeladen?
Doch als sich die Türen zischend öffneten, stieg nur eine einzige Frau aus. Langsam und zögerlich sah sie sich um. Angus winkte ihr und sie kam auf uns zu. Plötzlich blieb sie stocksteif stehen und sah mich an. Und ich sah sie an.
„Mama!"
„Klaus? Klaus!"
Mehr gab es nicht zu sagen. Hinter ihr sprang mein Vater aus dem Bus und alle drei lagen wir uns in den Armen, lachten und weinten und plapperten durcheinander und weinten und lachten wieder.
Angus stand geduldig daneben, James trug ein Tablett mit Champagnergläsern in der rechten Hand, mit der linken wischte er sich an Mrs. OT's Schürze die Tränen ab.
Dann stiegen die anderen Gäste aus dem Bus: Direktor Igor Maximus lüpfte seinen schwarzen Zylinder. „Meine sensationelle Sensation! Du kannst jederzeit zurückkommen. Du warst ein großartiger Dompteur!"
Daniel Dödel bestellte Grüße von Tyra und Tora, die auf Verwandtenbesuch in Indien waren. Dann verschwand er

eilig in der Küche, denn er wollte mich am Abend mit einer Eis-Torte überraschen.
Der schwarze Felix sprang elegant aus dem Bus und reichte Sofia die Pfote.
Danach hüpfte Rita Rattig schimpfend heraus. Ich überlegte für einen Moment, ob ich als Mensch Katzen und Ratte noch verstehen würde. Aber die Ratte plapperte schon los, und ich verstand jedes Wort. „Du glaubst nicht, was uns auf der Fähre passiert ist! Da wollte so ein unverschämter Möwerich meinen Fahrschein sehen. Zwei Stücke von meinem Käseauflauf musste ich ihm abgeben, sonst hätte er mich und die beiden Katzen über Bord geworden! Dabei sagen die Menschen immer, wir Ratten sind ein verfressenes Gesindel!"

Für alle, die immer alles genau wissen wollen:
Muss ich euch sagen, von wem RR sprach?

Später saßen wir an den Tischen und verspeisten alles, was Mrs. OT und Griselda leckeres gekocht hatten. Leider bekam ich vor Aufregung keinen Bissen hinunter, denn mir fiel immer noch etwas ein, was ich meinen Eltern erzählen musste. Mein Vater schüttelte wieder und wieder den Kopf. „Ich kann es nicht glauben! Du warst die ganze Zeit bei der Mac Bleistein, während wir nach dir suchten?"
„Ich habe mich also nicht getäuscht! Ich habe dich am Fenster sitzen sehen!" Meine Mutter warf Roland einen Blick zu, der wohl heißen sollte. ‚Und du hast mir nicht geglaubt'.
„Lily hat uns dein Gedicht gebracht, um uns zu trösten. Aber ich hab' deine Schrift nicht erkannt. Kein Wunder, wenn du mit der Pfote geschrieben hast. Von ihr haben wir auch von Olaf erfahren, und dass er dich drangsalierte".

„Caro hat gesagt, dass ihr weggezogen seid“, sagte ich leise, „und dass ihr froh seid, mich los zu sein. Ich war ja auch ein echter Kotzbrocken!“
„Das hätte ich niemals getan, Klaus“, meine Mutter strich mir über das karierte Haar, „ich war für ein paar Tage bei meiner Mutter, habe es aber nicht ausgehalten und bin gleich wieder nach Hause gefahren. Beim nächsten Mal am Fenster hätte dich auch dein Vater erkannt!“
Doch ich schüttelte den Kopf. „Nein, irgendwie musste alles so kommen. Wie hätte ich sonst Felix, Sofia, RR, Hyriam und alle gefunden? Und ich hätte nie herausgefunden, dass ich mit meinen Gedichten und Geschichten andern helfen kann und wie cool und toll das sein kann.“
„Jetzt ist alles wieder gut“, sagte mein Vater, „ich habe die neue Arbeitsstelle bekommen, und wenn du wieder zu Hause bist, ziehen wir um. Du kannst auf eine andere Schule gehen. Dort gibt es keinen Olaf und du bist wieder unser lieber, netter Klaus!“
Ich zeigte auf mein kariertes Gesicht. „Ich werde nie mehr der alte Klaus ein. Und Olafs gibt es überall. Und ich will Dichter oder Schriftsteller werden oder etwas ganz anderes. Ich will einfach alles ausprobieren und mich dann entscheiden!“
Cordula und Roland sahen sich verwundert an. Sie konnten noch immer nicht glauben, dass ich, der miesepetrige, freche, faule Klaus so viele Freunde gefunden hatte – und natürlich staunten sie darüber, wie höflich ich war, dass ich einen Rock und Kniestrümpfe trug, dass ich mir für andere Gedichte ausgedacht, Flugunterricht erteilt und mit Tigern gesungen hatte. Ich glaube, ich war ihnen sogar etwas unheimlich.

Nach dem Essen landete Hyriam auf einem der gelben Sonnenschirme. Ich hoffte, dass RR ihn nicht erkannte, aber die Ratte hatte schon von Griseldas Apfelwein genippt und kicherte so gut wie man als Ratte kichern konnte.
Als der Mond aufging, kam sogar Nassie anspaziert. Sie war als einzige enttäuscht darüber, dass ich nicht mehr KK war. Nein, vom dF hatte sie nichts gesehen, auch keine schwebenden, niesenden Handschuhe. Sie schenkte mir trotzdem einen tiefen Blick aus wasserblauen Augen, als sich plötzlich Felix dazwischen drängte. „Hallo, meine Hübsche! Möchtest du ein wundervolles Gedicht hören?“ Doch Sofia stand schon mit blitzenden Krallen hinter ihm.

Plötzlich fiel mir ein, dass ich nicht wusste, wie Angus meine tierischen Freunde eingeladen hatte. Als Mensch konnte er ja nicht mit ihnen sprechen. „Ganz einfach“, lachte er, „ich habe gemacht, was ich am besten kann. Griselda und ich sind zu Hyriams Fähre gefahren. Ich hab ein Bild gemalt, wie wir alle zusammen eine Party feiern und über alle Tiere ein Fragezeichen gemalt. Hyriam ist zu Nassie geflogen und hat sie eingeladen, und als die Fähre wieder in Amsterdam war, hat er seine Flugschüler losgeschickt um das Restaurant der Ratte zu suchen. War nicht schwierig, denn es ist sehr bekannt. Und dort speiste auch oft ein schwarzer Kater und eine rote Katze.“

Um Mitternacht servierte DD eine karierte Eis-Bombe. Felix plusterte sich auf und trug noch einmal sein Liebesgedicht für Sofia vor. Ich übersetzte und hätte zu gerne meinem Vater erzählt, dass ich es gedichtete hatte. Aber das war nicht nötig. Roland grinste mich an und hob den Daumen. Es war wirklich ein tolles Gedicht ... vielleicht könnte ich es für Lily umdichten. Später tanzten und sangen alle. Angus tanzte sehr oft mit Griselda, und ich war neidisch. Neidisch und eifersüchtig.

Kapitel 34

Ende und aus mit dem karierten Klaus

Nun sind wir am Ende der Geschichte von Klaus Kariert. Noch immer fragen in St. Irgendwo die Gäste und Touristen im Pub ‚Zum karierten Kater‘ nach mir. Betty hat einen Stoffkater genäht und sich ein Lied dazu ausgedacht. Ein Lied über den geheimnisvollen KK, der eines Tages auftauchte, um Griselda und Betty zu versöhnen. Danach sei er verschwunden, um sich auf den Weg zu Nessie zu machen, die er unbedingt treffen wollte. Das verstanden die Touristen, denn auch sie hätten gerne Nessie gesehen. Und so wurde der karierte Kater genau wie Nessie zu einer Legende.
Bleibt noch zu erzählen, dass Angus meine Eltern überredete, mich in Bleistein Hall wohnen zu lassen. Solange bis ich den ganzen Schulstoff aufgeholt hatte und besser Schottländerisch, äh Englisch sprechen konnte.

Für alle, die immer alles genau wissen wollen:
Hätte ich gewusst, dass ich einen Lehrer nur für mich alleine haben würde, wäre ich vielleicht doch mitgegangen. Glaubt mir, wenn ihr der einzige Schüler in der Klasse seid, dann kommt ihr sehr oft dran.

In den Ferien fahre ich immer nach Hause. Auf dem Weg zur Fähre besuche ich Nassie, die immer die Augen nach schwebenden, niesenden Handschuhen offen hält. Zu gerne hätte ich einmal Nessie gesehen, doch jedes Mal ist die Seeschlangen-Dame gerade verreist oder auf Shopping-Tour. Natürlich reise ich immer mit Hyriams Fähre, und obwohl ich jetzt ein Ticket für Menschen habe, bringe ich ihm immer etwas Leckeres aus Mrs. OT’s Küche mit.

Meine Eltern holen mich im Hafen von Amsterdam ab. Und als einzige Menschen dürfen wir auf dem Nachhauseweg in Rita Rattigs Restaurant speisen – draußen im Hof, versteht sich, denn drin ist es jetzt zu eng für mich.

Bei meinem letzten Besuch bei Felix und Sofia zeigten sie mir stolz ihre Katzen-Kinder.
Eines davon heißt Klaus. Nein, es ist nicht kariert.
Ich selbst bin noch immer kariert. Aber ich sehe mich ja nur im Spiegel. Klar, wundern sich alle, wenn sie mich sehen. Und wenn jemand freundlich fragt, erzähle ich gern, warum ich so aussehe wie ich aussehe. Aber die meisten denken, ich würde mich anmalen, um mich wichtig zu machen. Ihr wisst es besser.

Gestern erzählte mir Angus, dass er seine Tante Caro-Line nach Bleistein Hall holen will. „Sie kann im Gartenhaus wohnen. Dort kann sie Dudelsack spielen, solange sie will. Vielleicht fällt ihr sogar die Formel für das Gegenmittel wieder ein, wenn sie dich sieht."
Ja, vielleicht.
Aber würdet ihr noch einmal etwas trinken, was Caro zusammengebraut hat?
Good luck and see you soon!